繞頸之物

THE THING AROUND YOUR NECK

全球最受矚目的當代非裔英語女作家
阿迪契第一本短篇小說集

奇瑪曼達・恩格茲・阿迪契
Chimamanda Ngozi Adichie●著
徐立妍●譯

獻給艾娃拉（Ivara）

目錄

導讀——既遙遠、又親密的後殖民耳語

何曼莊

奈及利亞共和國是非洲人口第一高、GDP第二高的大國，在這片資源豐富、歷史衝突不斷的土地上，至少有兩百五十個不同的種族，不同族裔、宗教之間的武裝衝突早已是家常便飯，儘管人民死傷不斷，富豪繼續暴富。從英屬殖民地的時期起，權貴階層的生活就已經與英美大城市接軌，例如奈國證券交易所的創辦人Louis Odumegwu Ojukwu是非洲第一位黑人億萬富翁，在英國女王在一九五六年訪問奈及利亞期間，提供他的私人勞斯萊斯給女王乘坐。

在《繞頸之物》的十二篇小說中，你不會直接看見英國女王乘坐殖民地財閥豪車般的詭異風景，你看到的是當奈及利亞脫離英女王獨立，Ojukwu這樣的人領導國家之後的人間情事，最強烈的衝擊就是民族得到自決，但貧富差距依然殘酷，你可以在〈私密經驗〉第一段就感受到某種複雜難解的心情，在躲避突發的武裝衝突時，兩位信仰與身家背景都不同的女性一起避難，一個女人感嘆自己弄掉了（塑膠串珠）項鍊，而另一位則掉了剛買的柳橙跟包包。

她沒有繼續說那個包包是Burberry的，是母親最近去倫敦旅遊時買的正貨。

奈及利亞第一個共和體制於一九六〇年建立，那時開始，政府提供獎學金讓優秀國民赴美留學，但是這次共和體制非常短暫，只到一九六六年開始為期三年的比亞法拉獨立戰爭就結束了。在〈鬼〉一篇中，老教授與一位他以為早就犧牲了的前獨立運動領袖重逢，發現這人不但沒死，還很早就與家人搭著紅十字會的飛機逃到瑞典，心中因此有點看不起這位運用特權逃生的革命分子，但是他自己不也逃到了美國在柏克萊大學教書嗎？

……但是我們幾乎不談戰爭，如果談起，也總是帶著一種無法平靜的模糊感，就好像重要的不是我們在空襲期間蜷縮在泥濘的防空洞裡，而此前埋葬的焦屍皮膚上還露出一點粉紅的血肉，重要的也不是我們吃過木薯皮，還要看著孩子的肚子因為營養不良而脹大，重要的是我們活下來了……

透過高學歷追求社經地位的執著，是資本主義社會通行的成功法則，但奈及利亞人對母國政治狀態的不安全感，進一步強化了這份動機，不是知識分子不想回國，而是就算回去了也只是徒增痛苦，第一次共和只維持六年，接下來在一九七五年又發生了軍事叛變，然後是

一九七六、一九八三、一九八五、一九九三年，直到一九九九年第四共和之後，才算是穩定下來，新興國家常見的貪腐、暴動、特權結構，這些後殖民常見產物，相信讀者都不陌生，但是為什麼實現了民主共和，為什麼來到自由平等的美國，不公不義還是隨處啃噬著我們呢？因為儘管在民主社會裡，每個人的起點也不是平等的。在〈上週週一〉一篇中，卡瑪拉其實擁有碩士學位，只是礙於還沒拿到綠卡工作許可，暫時只能打工當保母，她的雇主尼爾是個猶太白人：

……尼爾知道她是奈及利亞人時，聽起來很意外。

「妳的英文說得很好啊。」他說，而她聽了就感到惱怒，那種驚訝，像是認為英文應該是他的個人財產。因為如此，雖然托比奇警告過她不要提起自己的教育程度，她還是告訴尼爾自己有碩士學位。

這個白人不知道自己有多無知，奈及利亞的官方語言是英語啊！而且，在美國，奈及利亞族群的平均學歷幾乎是全美各族裔最高的，二〇一九年統計顯示二十五歲以上的奈及利亞美國人，有百分之二十九擁有研究所以上的學歷（美國白人則是百分之八），其中有極大比例的醫生、律師、工程師。儘管奈及利亞全國通用的語言就有三種（Hausa、Igbo、Yoruba），但自共和成立以來，學校便以英語上課，這讓學生準備留美時有了語言優勢（不用考托福呢），許多人即使在奈國已經大學畢業，來美初期為了維持簽證，繼續攻讀研究所，也就「順便」讀到了博士。這麼拚命是為了什麼？一名黑人律師曾說，在美國，身為「移民」、「少數族裔」本身就是一種劣勢，所以只有比白人更努力地逆風而行，精準攻占高收入職業，晉身上流社會，這樣的策略在亞裔人士之間也很常見。

《繞頸之物》的作者奇瑪曼達．恩格茲．阿迪契（Chimamanda Ngozi Adichie）擁有兩個美國名校碩士學位（約翰霍普金斯跟耶魯大學），讓她在美國文學界的取得話語權少了一些阻礙，但是很多女性可能沒有那麼優秀，也沒有同等的教育機會。作者透過女性視角敘事，告訴我們在女性也能獲得高學歷的時代，還有種種事物綑綁著女性，例如傳統婚姻關係：〈贗品〉中，在美國坐移民監的太太們經常八卦老公們在家鄉的外遇事蹟、〈上週週一〉裡的丈夫明明已婚，卻用單身身分申請綠卡、〈跳跳猴山丘〉裡，受女性主義思想啟蒙的齊歐瑪聽到媽媽描述爸爸外遇對象，然後女人們在商店裡大打出手……也有的丈夫是自由主義新頭腦，批評政府、領導改革，但卻對拖累家人毫無愧意，妻子必須到〈美國大使館〉外排隊申請難民簽證，聽到別人這樣讚美自己的丈夫：

「……那兩個編輯就是奈及利亞需要的人，冒著生命危險來告訴我們真相，真的很勇敢。……」但她心想：「那不是勇氣，只是過度誇大的自私。」

還有一種丈夫，是在美國當醫生、已經十一年沒返鄉、把姓名都改成美國菜市場名的成功僑胞，透過〈媒人〉尋找奈及利亞新娘，雖然這個老公幾乎是個陌生人，但他很認真的教導太太如何成為美國人……

「我看到妳的照片時很開心，」他咂著嘴唇。「妳的膚色很淺。我得考慮到小孩的長相，膚色淺的黑人在美國比較容易出頭。」

又或者是單身赴美，在號稱自由、平等的美國，發現黑人女性在職場與社會上，依然處於結構性劣勢的女孩，在她被富裕白人追求時，她很敏銳地捕捉到了：

後來妳告訴他自己為什麼不高興，因為就算你們兩人經常一起去張家餐館，就算在送上菜單前你們兩人親吻，那個中國人還是認為妳不可能是他的女朋友，而他微笑不語，先是一臉無神看著妳，再來道歉，但妳知道他並不明白。

我的生活中有一位奈及利亞女人，她是住在對門的鄰居馬穆魯太太，我有時會幫她提菜上樓，她說謝謝你寶貝，如果超過一週沒見我，她就來敲門看我是否安好，順便抱怨說房東想趕她走。這棟樓是租金穩定公寓（Rent Stablished），受到政策保護，她付的還是四十年前搬進來時的行情，從八〇年代到現在，紐約房租都漲到快兩倍了。但是馬穆魯太太能去哪裡呢？她在公立醫院服務四十年直到退休，但不像我聽說過的奈及利亞菁英，她不是醫生或護士。她問我的朋友是否需要幫傭、問我有沒有不穿的球鞋讓她寄回老家，她的妹妹住在紐澤西、她氣川普滿口謊言、對防疫毫無作為，喜歡喝汽水、右邊膝蓋不好，她的名字是尤吉娜。尤吉娜每次都說：「親愛的，*Don't get old.*（不要變老），變老了一點好事也沒有。」她這樣說的時候，我從來不知道該怎麼回答。

我總覺得「美國夢」是世界上最成功的政治宣傳，模糊的理論基礎、可隨時變更的法規，甚至也不保證結果——畢竟這不是創投、也不是選舉，只是一個夢。在紐約成為Covid-19新冠病毒的「震央」，封鎖已經兩個月的今天，我坐在看得見布魯克林郡立醫院的窗前，為這部短篇小說集寫導讀，是一個奇妙的巧合，我可以為讀者做的，只是補充後殖民歷史以及美國生活的背景資料，但是那纏繞在頸子上擺脫不掉的東西到底是什麼呢？我沒有答案。

一號牢房

我們家第一次遭竊，是我們的鄰居歐西塔從飯廳窗戶爬進來，偷走了電視、錄放影機，還有父親從美國帶回來的《紫雨》（*Purple Rain*）和《顫慄》（*Thriller*）錄影帶。我們家第二次遭竊，是哥哥恩納馬比亞偽裝成外人闖入，偷走了母親的金飾。事情發生在某個週日，我的父母回去在姆貝西的老家探望祖父母，所以恩納馬比亞和我要自己上教堂。他開著我母親的綠色寶獅五〇四，我們就像往常一樣一起坐在教堂裡，卻沒有你戳我、我推你，也沒有因為某人的帽子很醜或長袍脫線而強忍住笑，因為恩納馬比亞大概坐了十分鐘，什麼也沒說就這麼走了。回來時正趕上牧師說：「彌撒結束，安靜地離開吧。」我有點不爽，以為他是跑去抽菸、和某個女孩見面，畢竟他終於能自己開著車到處跑。但是，他至少可以和我說他去哪裡了吧。我們開車回家的路上一片沉默，接著他把車子停在長長的車道上，我停下腳步摘了幾朵仙丹花，等恩納馬比亞打開前門。我進門時發現他一動也不動站在客廳中央。

「我們家遭小偷了！」他用英文說。

我愣了一下才聽懂他在說什麼，並發現屋裡亂成一片。即使是在那個時候，我也覺得抽屜被拉開的模樣很像舞臺布置，像是有人想讓發現者印象深刻才這麼做。又或許，這只是因為我太了解我哥哥。後來等爸媽回到家，鄰居也開始聚集，說著 *ndo*（真糟糕）[1]，彈著手指，大口喘氣，讓肩膀上下起伏。我獨自坐在樓上房間裡，知道那種反胃感從何而來：是恩納馬比亞做的，我知道，父親也知道。他發現窗戶的百葉窗是從裡面扯掉，而不是從外面（恩納馬比亞其實可以做得更高明，或許他是急著要在彌撒結束之前回到教堂吧）。而且小偷很清楚我母親把金飾放在哪裡：就在金屬製保管箱的左邊抽屜。恩納馬比亞誇張地睜著受傷的眼神盯著我父親。「我知道過去給你們造成了極大痛苦，但我絕對不會這樣毀掉您的信任。」他說的是英文，用了很沒必要的詞彙，像是「極大痛苦」和「毀掉」，他每次要幫自己說話都會這樣。他從後門走出去，那晚就沒有回家，隔天晚上沒有，再過一天晚上也沒有。兩個禮拜後，他回家了。面容憔悴、渾身啤酒味，哭著說他很抱歉，他把金飾當給了埃努古的豪薩族商人，而且所有錢都沒了。

「他們給了你多少錢買我的金子？」母親問，他說了之後，母親將雙手放在頭上哭著：「喔！喔！*Chi m egbuo m*[2]！上帝要我死呀！」露出一副她覺得至少也該賣個好價錢的模樣。我真想甩她一巴掌。父親要恩納馬比亞寫一份報告：他是如何賣掉金飾、把錢花在什麼地方、和誰一起花的。我想恩納馬比亞不會吐實，我想父親也不認為他會，但他喜歡報告。我這位教授父親就喜歡把事情寫下來，並且好好留下紀錄。再說，恩納馬比亞十七歲了，留著仔細修剪的鬍子，正處在中學和大學之間的階段，不再是適合挨藤條的年紀了。這麼一來，我父親還能怎麼辦呢？恩納馬比亞寫了報告，父親把報告收到書房裡的金屬抽屜櫃。他把我們的學校報告全收在那裡。

---

1 奈及利亞伊博語（Igbo）表達遺憾、抱歉之意。（本書註解皆為譯註。）

2 伊博語中 *God kills me* 的意思，和後句是一樣的。

「他竟敢這樣傷害他的母親。」最後父親只是喃喃說了這句話。

但是恩納馬比亞並不是打算傷害她，他會這麼做，只是因為我母親的金飾是屋子裡唯一值錢的東西，而且也是因為其他教授的兒子都這麼做。在我們寧靜的恩蘇卡大學校園中，如今是竊盜橫行的時節。這裡的男孩從小就看著芝麻街長大、讀伊妮．布萊頓[3]的兒童冒險故事、早餐吃玉米片、穿著擦到發亮的棕色涼鞋，念大學教職員子女優先的學校——如今則是割破鄰居家窗戶的防蚊紗網、推開玻璃窗、爬進去偷走電視機和錄放影機。我們都認識那些小偷，恩蘇卡校園實在是個小地方，房屋並肩排列在兩旁種著樹的街道上，中間只隔著低矮的灌木叢，我們就是能知道偷東西的是誰。但是，他們的教授父母在教職員俱樂部、教堂或教職員會議上打照面時，卻仍哀號著鎮上那些地痞流氓居然跑到這神聖的校園裡偷東西。

偷東西的男孩都是受歡迎的那幾個。他們在晚上開著父母的車，座椅都往後推，得伸長手臂才能碰到方向盤。恩納馬比亞事件幾週前才偷走我們電視的歐西塔文質彬彬又英俊，帶著一種憂鬱的氣質，走路就像貓一樣優雅。他的襯衫總是燙得平整，我以前會看著樹籬另一頭的他，閉上眼睛想像他走向我，讓我成為他的人。他從沒注意過我。他偷走我們家的東西後，我父母並沒有去埃布貝教授家裡，要他叫兒子把我們的東西還來，而是對大家說那是鎮上來的地痞流氓做的。但他們知道是歐西塔。歐西塔比恩納馬比亞大兩歲，大部分偷東西的男孩都比恩納馬比亞大一點，或許就是因為這樣，恩納馬比亞並沒有跑去偷別人家的東西，或許他覺得自己還不夠大，不夠資格去偷比我母親的金飾更大的物品。

恩納馬比亞和母親長得很像，蜜糖般的皮膚、大大的眼睛，寬厚的嘴唇，角度彎得正完美。母親帶我們上市場的時候，小販們總會叫喊著：「嘿，太太！您怎麼把漂亮的皮膚浪費在男孩身上，讓女兒這麼黑呢？男孩子長這麼漂亮能做什麼？」我母親會輕笑出聲，好像她真是故意讓恩納馬比亞長這麼好看。這是她的惡作劇，她很高興。恩納馬比亞十一歲時拿石頭砸碎了他房間的窗戶，母親給了他換窗戶的錢，沒對父親提起。他在小學二年級時弄丟了幾本圖書館的書，母親告訴他先前的班導師，說是我們家的男僕偷的。三年級的時候，他每天都早退去上教義問答課程——結果一次都沒去，因此沒辦法領聖禮，母親對其他家長說他在考試當天拉肚子。恩納馬比亞拿了父親的車鑰匙，在一塊肥皂上壓印，還沒來得及拿去找鎖匠就被父親發現，母親只是喃喃說著他只是在做實驗啦，這不代表什麼。恩納馬比亞從書房偷走考卷再賣給我父親的學生，母親對他大吼，但又對父親說畢竟他都十六歲了，實在應該多給他一點零用錢。

我不知道恩納馬比亞是否懊悔自己偷了母親的金飾，我總是看不出來，不知道在我哥哥那張優雅的笑臉背後真正的想法，而我們也不談這件事，即使母親的姊妹把她們的金耳環送給她，即使母親向莫吉太太買了一整套耳環加項鍊。莫吉太太打扮入時，從義大利進口金飾，而母親開始每個月找一天開車去莫吉太太家分期付款。即便如此，自從那天之後我們不

3 Enid Mary Blyton，一九四〇年英國知名兒童文學作家。

再談這件事，不去談論恩納馬比亞偷了她的金飾，就像假裝恩納馬比亞沒有做他做過的這些事，就能讓他有機會重新開始。要不是恩納馬比亞三年後被捕，這樁盜竊事件可能永遠不會有人提起。那是在大學三年級的時候，他被關進了警局。

那段時間在我們寧靜的恩蘇卡校園正是幫派橫行的時節。在大學校園四處的招牌上，都用粗黑字體大大寫著「向幫派說不」。最有名的幾個包括了黑斧幫、海賊幫，以及海盜幫。這些組織過去可能只是毫無攻擊性的兄弟會，卻逐漸演化成如今的「幫派」。這些十八歲的年輕人精通美國饒舌音樂錄影帶中的搖擺舞步，會進行神祕而詭異的入幫儀式，有時候造成一、兩個人死在歐丁坡上。槍枝、飽受折磨的忠誠以及斧頭變成常態，幫派鬥毆也成為常態：有個男孩色迷迷地打量著某個女孩，結果那個女孩是黑斧幫老大的女朋友。過了不久，那個男孩走到路邊小店想買一包菸，大腿上就讓人捅了一刀——結果這個男孩是海賊幫的成員，於是其他海賊幫的同夥就會跑去一家啤酒吧，開槍射離他們最近的黑斧幫男孩的肩膀……再隔一天，有人就在學校餐廳開槍打死了某個海賊幫成員，他倒下時撞翻了架上的鋁製湯碗。那天晚上，某個黑斧幫男孩就會在自己房裡遭砍死，屍體倒在某個老師家中的僕役房裡，他的CD音響上濺滿了血。這一點道理也沒有，實在太不符合常理，卻很快也成為常態。女孩上完課就待在宿舍，老師也有如驚弓之鳥，只要一隻蒼蠅嗡鳴得太大聲，人們就開始害怕。因此，警察就被找來了。他們開著破破爛爛的藍色寶獅五〇五飛快穿過校園，從車窗伸出生了鏽的槍管，惡狠狠盯著學生看。恩納馬比亞下了課回家就放聲大笑，他覺得警察得再加把勁了，因為大家都知道幫派男孩拿的槍更先進。

我父母看著恩納馬比亞大笑的臉，雖然擔心，卻什麼也沒有說。我知道他們也在懷疑他是不是加入了幫派。有時我覺得他有，幫派男孩都很受歡迎，而恩納馬比亞更是非常受歡迎。男孩會大喊著他的外號「搖擺哥！」只要他經過，人們都會去握他的手。而女孩——尤其是最受歡迎的超美辣妹，會一邊向他說哈囉一邊擁抱他，常常一抱就捨不得放開。他參加了每一場派對，包括校園裡比較守規矩的，和鎮上那些比較瘋狂的，而他是那種受女人青睞的男人，男人也喜歡和他一起混。他可以一天抽掉一包樂富門香菸，也可以一次喝光一整箱星光牌啤酒，讓人津津樂道。有些時候我又覺得他沒有，因為他實在**太**受歡迎，感覺會和不同幫派的男孩交朋友，完全不樹敵，這才比較像他，而且我也不是百分之百肯定哥哥有那個條件加入幫派，無論是膽量，或是不安全感。我唯一問他是不是加入了幫派的那次，他一臉驚訝地看著我，那睫毛又長又濃密，一副我要是夠聰明就不該問——接著才說：「當然沒有。」我相信他，父親也相信他。不過，就算我們兩人相信他也沒什麼差，因為他已遭到逮捕、被指控加入某個幫派了。他告訴我「當然沒有」，是在我們第一次去他被關起來的警局探望時說的。

☀

事情是這樣的。某個悶熱的星期一，四名幫派成員埋伏在校園門口，攔下一名開紅色賓士的教授。他們將槍口壓在她頭上，把她趕出車外，開著車到工程學院，在那裡開槍射擊了三名從演講廳走出來的男孩。我當時就在附近上課。聽到刺耳的爆裂聲時，老師是第一個跑出教室的。有人大聲尖叫，突然之間，樓梯上擠滿了連滾帶爬的學生，不知道該往哪裡跑。外頭有三具屍體倒在草坪上，紅色賓士已經加速開走。許多學生匆忙打包行李，機車、計程車收取比平常高出兩倍的價錢，才答應載他們到交通轉運站。校長宣布所有晚間課程一概取消，所有人在晚上九點後都必須待在室內。我覺得這沒什麼道理，畢竟槍擊案是發生在光天化日之下。而恩納馬比亞大概也覺得這沒有道理，因為在宵禁的第一天晚上九點，他不在家，那天晚上也沒回來。我猜想他是待在朋友家過夜，反正他也不是天天回家。隔天早上，有位保全人員過來告訴我父母，恩納馬比亞和幾個幫派男孩在一家酒吧被逮捕，坐上警車被帶走了。母親大叫著：「*Ekwuzikwana*！不要說了！」父親冷靜地謝過保全人員，開車載著我們到了警局，那裡有位警官，邊咬著骯髒的筆蓋邊說：「你是說昨天晚上抓到的那些幫派男孩？他們被帶到埃努古了。情節重大！我們必須徹底解決這些幫派惹的麻煩！」

我們回到車上，一種陌生的恐懼緊抓我們不放。恩蘇卡校園步調緩慢而保守，若是鎮上，那就更緩慢、更保守。這我們應付得來。父親認識那裡的警察局長，但埃努古是個未知之地，這個州府首都中駐守著奈及利亞陸軍機械化兵團、警察總部，在忙碌的十字路口還會有交通督導。在這個地方，警察若是面臨必須結案的壓力，就會做出他們最知名的行為：殺人。

埃努古警察局四周都築起著牆，櫛比鱗次的建築物往四面八方伸展開來，大門邊堆放著積塵的毀壞車輛，旁邊的指示牌上寫著「警察局長辦公室」。父親把車開往建築物另一頭的四方小屋，母親將一些錢和非洲番茄燉飯加上肉一起綁好，裝在黑色塑膠袋裡，賄賂坐在桌前的兩個警察。於是他們讓恩納馬比亞從牢房裡出來，和我們一起坐在傘樹下的長椅。沒有人問他，為什麼他明明知道宣布了宵禁，那天晚上還在外頭逗留；沒有人認為警察就這麼走進酒吧，逮捕了在那裡喝酒的每一個男孩——連酒保都帶走實在太誇張了。我們只是聽恩納馬比亞說話。他跨坐在木長椅上，面前擺著裝在保溫罐裡的米飯和雞肉，眼中閃耀著期待的光彩，有如準備要表演一場的藝人。

「如果我們按著管理這間牢房的方式統治奈及利亞，」他說。「這個國家就不會有問題了，一切都如此井然有序。我們的牢房裡有個頭頭，外號叫做阿巴查將軍，他還有個副手。只要你一進去，就得給他們一點錢。要是沒給錢，麻煩就大了。」

「那你有給他錢嗎？」我母親問。

恩納馬比亞微微一笑。他的額頭上有一處新出現的蟲咬，看起來就像青春痘，讓他的臉看起來甚至更漂亮了。他用伊博語說他在酒吧逮捕行動開始後不久就將自己的錢塞進肛門，他知道，如果沒把錢藏起來就會被警察拿走，他也知道，他需要用錢買到在牢房裡的平靜日子。他咬了一口炸雞腿，改用英文說：「阿巴查將軍很佩服我藏錢的方法，我讓自己對他順服，一天到晚讚美他。那裡的人叫所有新來的抓著耳朵，跟著他們的歌聲青蛙跳，我跳了十分鐘他就放我走了。其他人得跳個差不多三十分鐘。」

母親用雙手環抱著自己，好像覺得冷似的。父親什麼也沒說，只是謹慎地看著恩納馬比亞，而我想像著——他，我這順服的哥哥，將面額一百奈拉的紙鈔捲成細長的香菸狀，手伸進褲子，痛苦地把紙鈔塞進自己的身體。

稍晚，我們開車回到恩蘇卡，父親說：「他闖進家裡偷東西時我就該這麼做了，我就應該把他關進監牢。」

母親沉默地盯著窗外。

「為什麼？」我問。

「因為單是這麼一次就把他擊垮了，妳看不出來嗎？」父親問話時，臉上還帶有微弱的笑容。我看不出來——在那天沒看出來。我覺得恩納馬比亞似乎很好，還懂得把錢塞進肛門什麼的。

恩納馬比亞的第一次驚嚇，是見到海賊幫的人啜泣。那個男孩高大又凶狠，聽說其中一次殺人行動是他動的手，下學期就要輪到他當老大。如今，他卻在牢房裡蜷縮著、啜泣著，只因為頭頭往他後腦杓敲了一下。我們隔天去看恩納馬比亞時，他告訴我這件事，語調中既有嫌惡，也有失望，就好像突然有人讓他見證無敵浩克其實只是塗上了綠色顏料。他的第二次驚嚇則是在幾天後，來自一號牢房。那不在他的牢房範圍，兩個警察從一號牢房抬出了一具腫脹的死屍，在恩納馬比亞的牢房前停下腳步，確定所有人都看到了屍體。

就連他牢房裡的頭頭似乎也很害怕一號牢房。恩納馬比亞和他牢房裡其他同樣有錢買洗澡水的牢友，會被放出來在露天院子裡洗澡，水就裝在原本用來裝油漆的油漆桶，警察會看著他們，不時叫喊：「不准再那樣，不然你馬上就要去一號牢房了！」恩納馬比亞會做與一號牢房有關的噩夢，他無法想像還有什麼地方能比他所在的牢房更糟。這裡人滿為患，他常得靠著龜裂的牆壁站，而裂縫中就住著小小的蟲蝨子（kwalikwata）。牠們咬起人來相當凶猛。當他痛喊起來，牢友就叫他牛奶香蕉小子、上大學的小子、好啦好啦沒事小子。

這麼小的東西，咬起人來居然這麼痛，這些蟲子啊。到了晚上，蟲咬的傷口就更糟，因為他們全都必須側著睡，一個人的頭接著另一個人的腳，只有頭頭才能完好舒服地享受仰躺在地上的感覺。每天會有幾盤木薯泥和稀湯推進牢房，由頭頭分食，每個人能分到兩口。第一個禮拜，恩納馬比亞告訴我們這些事。他說話的時候，我不禁想著不曉得那些牆裡的蟲子是不是也咬了他的臉，或者那片從額頭蔓延開來的疙瘩正是因為感染所致，有些頂端蓄著奶油色的膿。他一邊抓著疙瘩，一邊說：「我今天得大便在一個塑膠袋——站著拉，因為馬桶太滿了。他們只有星期六才會沖水。」

他講起話來激動不已。我想叫他閉嘴，因為他十分享受自己飽受侮辱的這層新身分，也因為他不了解自己多幸運，那個警察才准許他出來吃我們準備的食物。他也不了解自己多愚蠢，那天晚上居然跑去外面喝酒，以及他被釋放的機率有多少不確定性。

第一個禮拜我們每天都去探望他。我們開著父親的老舊富豪汽車，因為母親那輛寶獅五〇四更舊。我們覺得開到恩蘇卡以外的地方都不安全。經過路上的警察崗哨時，我注意到父母不一樣了。那只是細微的差異，但就是不一樣了。警察一揮手放我們通行後，父親不再一個人滔滔不絕地談論著警察多沒知識、多貪腐，他沒有提起那天警察耽誤了我們一個小時，就因為他不肯行賄。也不再說警察是怎麼攔下一輛公車，我美麗的表姊歐格琪就坐在那輛公車上，警察單單找她的麻煩，只因為她有兩支手機就叫她蕩婦，還要她拿出一大筆錢，直到她在雨中跪地哀求他們放她走，因為那輛公車早已獲准離開。母親也不會喃喃地說這些都是更大的社會問題的徵兆。我的父母只是保持沉默，彷彿不再如平常那樣批評警察，就能讓恩納馬比亞有機會重獲自由。「難說，」恩蘇卡的警察所長是這麼說的。要讓恩納馬比亞趕快放出來，很難說。尤其埃努古的警察局長精心安排了電視訪問，大放厥詞談論那些已被逮捕的幫派成員。幫派問題很嚴重，首都阿布賈的大人物都在關心此事，大家都想看起來有在做事情的樣子。

第二個禮拜，我對父母說別再去探望恩納馬比亞，我們不知道還要這麼做多久，而汽油太貴，每天開車三個小時太花錢。再說，讓恩納馬比亞照顧自己一天也不會怎麼樣。

父親一臉驚訝地看著我問：「妳是什麼意思？」母親上下打量著我，接著走向門口，說沒有人求我去，我可以坐在那裡，什麼也不要做，讓我無辜的哥哥受苦。她走向車子，我則在她後頭追出去，可等我到了外面，又不知道該做什麼。於是我在仙丹花叢旁邊撿起一顆石頭，丟向富豪汽車的擋風玻璃，擋風玻璃裂開，我聽見碎裂的聲響，看見細細的線條像射線一般延展開來。我轉身衝上樓，把自己鎖在房間裡，躲避母親的怒氣。我聽見她放聲大吼，聽見父親的聲音，最後終於安靜下來。我沒有聽到汽車發動聲。那天沒有人去看恩納馬比亞，我覺得很意外，這是一次小小的勝利。

隔天我們去探望他。儘管擋風玻璃的裂痕就像流水結凍時的波紋，但我們誰也沒提這件事。坐在桌前的警察是和和氣氣、深色皮膚的那個，他問我們為什麼昨天沒有來，他很想念我母親的番茄燉飯。我以為恩納馬比亞也會這樣問，甚至還會不高興，但是他看起來異常冷靜，臉上帶著我從來沒見過的表情。他沒有把飯吃完，一直看向別處，看著建築物另一頭那堆燒到半毀的車子。那都是車禍的殘骸。

「怎麼了？」母親一問，恩納馬比亞幾乎馬上就開口，好像一直等著有人問。他的伊博語聲調平緩，語調毫無高低起伏。昨天有個老人被推進他的牢房，這個人大概已七十幾歲，一頭白髮，滿身皺紋，整個人帶著一種無法被收買的退休公僕老派氣度。他的兒子因為持槍搶劫遭到通緝，警察找不到他兒子，就決定改將他關起來。

「那個人什麼也沒做。」恩納馬比亞說。

「但是你也什麼都沒做。」我母親說。

恩納馬比亞搖搖頭，就像在說她並不明白。接下來幾天，他更加悶悶不樂，話變少了，講的也大多是那個老人——他說他沒有錢、買不起洗澡水，說其他人如何嘲笑他，或指控他把兒子藏起來，說頭頭不理會他，說他看起來嚇壞了，又瘦小到不像話。

「他知道他兒子在哪裡嗎？」母親問。

「他四個月沒見到他兒子了。」恩納馬比亞說。

父親說了些什麼，大概是說這和那男人知不知道兒子在哪裡沒有關係。

「當然，」母親說。「這樣不對，但警察一直都這麼做，如果他們找不到要找的人，就會把他的父親、母親或親戚抓去關。」

父親的手在膝蓋上揮了揮，表示他不耐煩了。他不懂母親為何要說這麼明顯的事。

「這個人病了，」恩納馬比亞說。「他的手不斷顫抖、顫抖，就連睡覺時也會抖。」

我父母親沉默了。恩納馬比亞蓋上裝米飯的保溫罐，轉向父親說：「我想帶一點這個給他吃，但要是我帶進牢房，阿巴查將軍就會拿走。」

父親走過去問桌前的警察，我們能不能見一見恩納馬比亞牢房裡的老人，幾分鐘就好。這個警察的皮膚色調比較淺，態度較苛刻，母親用米飯和錢賄賂他時，他從來不說謝謝。現在他對著父親的臉冷笑著說，光是讓恩納馬比亞出來他就可能丟了工作，我們還想讓另一個人也出來？以為這是寄宿學校的懇親日嗎？難道我們不知道這裡是關押社會犯罪分子、高度保全的監獄嗎？父親走回來坐下，嘆了口氣，恩納馬比亞則靜靜搔抓著他長滿疙瘩的臉。

又過一天，恩納馬比亞幾乎沒動他的米飯，他說警察就像往常一樣要清洗牢房，於是往地板和牆壁潑灑加了清潔劑的水，而那個老人因為買不起洗澡水，已經一個禮拜沒洗，便急忙跑進牢房裡扯掉自己的衣服，躺在灑了清潔劑的地板上摩擦著單薄的背。警察看到他這麼做，全都開始大笑。他們叫他把衣服全脫了，在牢房外的走廊上遊街。他照做之後，他們笑得更大聲，還問他那個小偷兒子知不知道爸爸的陰莖萎縮成這樣。恩納馬比亞說話時就那麼盯著黃橘色的米飯看，抬頭時，我看見他的眼睛裡蓄滿淚水。我那一向現實的哥哥啊，我為他感到一絲心軟，就算有人問起，我也無法解釋為什麼會這樣。

⋮

兩天後，校園裡又發生了一起幫派攻擊事件：有個男孩用斧頭砍殺了另一個男孩，正對著音樂系大樓前面。

「這樣很好，」母親說，她正和父親準備要再去見恩蘇卡的警察所長。「他們現在不能說把所有幫派男孩都抓起來了。」我們那天沒有去埃努古，因為父母在所長那裡待得太久，但他們帶著好消息回家。恩納馬比亞和那個酒保會馬上被釋放，其中一個幫派男孩成了線人，堅持說恩納馬比亞不是成員。我們那天早上比平時更早出門，沒有帶番茄燉飯，陽光已經很烈，所有車窗都搖下。母親一路上坐立不安。通常她會對父親喊著：「*Nekwa ya*！小心！」彷彿覺得他看不見另一個車道上的車正轉了個驚險的彎，但這一次，她實在太常叫喊，就在我們要開到第九個英里之前，這裡會有許多流動小販，禿鷹一樣簇擁著車子，托盤上放著班巴拉豆做成的歐巴（okpa）、水煮蛋和腰果。父親停下車來發火。「烏佐阿瑪卡，到底是誰在開車？」

在雜亂錯落的警察局建築群中，兩名警察正鞭打著某個躺在傘樹下的人。一開始，我胸膛中突然一緊，以為那是恩納馬比亞——結果並不是。我認識那個躺在地上的男孩，警察每揮一下手裡的粗藤鞭，那人就蜷縮身體大叫，他的名字是阿博伊，長得就像獵犬般凶狠醜惡，在校園裡開著凌志汽車。聽說他是海賊幫的。我們走進警察局時，我努力不去看他。值班的警察是臉頰上有部落標誌那位，接受賄賂時總說「上帝保佑妳」。他看到我們時就挪開眼神，我不禁全身起了雞皮疙瘩。那時我就知道出了什麼差錯。父母將所長的紙條交給那位警察，他沒有看，而是告訴我父親，他知道釋放令的事，酒保已經放出去了，但關於那個男孩，情況有點複雜。母親開始喊著：「男孩？你是什麼意思？我兒子在哪裡？」

警察站起身。「我去請我的長官向你們解釋。」

母親衝向他，拉扯著他的衣服。「我兒子在哪裡？我兒子在哪裡？」父親將她拉開，警察拍拍自己的衣服，一副她害他衣服沾上泥土的模樣，才轉身走開。

「我兒子在哪裡？」父親問話的聲音相當平靜，卻很剛硬，讓警察停下了腳步。

「他們把他帶走了，先生。」他說。

「他們把他帶走了？」母親插話，仍在大吼大叫。「你在說什麼？你們是不是殺了我兒子？你們是不是殺了我兒子？」

「他在哪裡？」父親用同樣平靜的聲音又問了一次。「我們兒子在哪裡？」

「我的長官說你們來的時候我就該叫他了。」警察說完，這次轉身快步走進一道門。

他離開之後，恐懼感讓我顫慄。我想追著他過去，像母親那樣拉扯著他的衣服，直到他交出恩納馬比亞。接著警察長官出來了，我努力在他毫無表情的臉上搜索出一點情感。

「先生，您好。」他對我父親說。

「我們的兒子在哪裡？」父親問，母親則發出明顯的呼吸吐息。其後我會發現，在那個當下，我們每個人都暗自懷疑恩納馬比亞已遭愛亂開槍的警察殺害，而這個男人的任務，就是找到最恰當的謊言，向我們解釋他是怎麼死的。

「不用擔心，先生，我們只是把他轉走了，我馬上就帶您們過去。」這個警察好像在緊張什麼，臉上依然沒有表情，但也沒有看著父親的雙眼。

「把他轉走？」

「我們今天早上才收到釋放令，但他已經被轉走了。我們沒有汽油，所以在等您們過來，才能一起去他所在的地方。」

「他在哪裡？」

「另一處監獄，我會帶您們過去。」

「為什麼他會被轉走？」

「先生，我不在現場。他們說他昨天行為不當，於是把他關進一號牢房，又把所有在一號牢房的人都轉到另一處監獄了。」

「他行為不當？你這是什麼意思？」

「先生，我不在現場。」

母親接著以崩潰的聲音說：「帶我去找我兒子！帶我去找我兒子，現在就去！」

我和警察一起坐在後座，他聞起來像那種放了很久的樟腦。母親的後車廂好像也一直是這個味道。他除了告訴我父親往哪裡開，我們沒說其他話。十五分鐘後，我們到了，父親開得異常飛快，就像我的心跳。這座小建築物看起來像無人打理，到處都是長得過於茂盛的草叢，四周散落舊空瓶、塑膠袋和廢紙。警察幾乎等不及父親停車，就打開車門匆匆下去，我又再次感受到恐懼的顫慄。我們所在的這一頭的城鎮沒有柏油路，也沒有標誌寫著「警察局」，空氣中有一股停滯感，瀰漫一種詭異的廢棄氛圍。但那名警察出來時帶著恩納馬比亞，他就在那裡，我英俊的哥哥。他走向我們時看起來似乎毫無改變，直到走得夠近，讓母親能夠伸手抱住他，我看見他畏縮著向後退，左手臂上帶著淺淺的鞭痕，鼻子上堆著乾掉的血漬。

「恩納，孩子啊，他們怎麼把你打成這樣？」母親問他，轉身對警察說：「你們的人為什麼這樣對我兒子？」

那男人聳聳肩，態度中多了一種傲慢，似乎因為之前他並不確定恩納馬比亞是否安好，不過現在，他可以想說什麼就說什麼。「你們沒把孩了教好，你們這些人，因為在大學裡工作，就覺得自己很重要，你們的孩子做壞事時覺得他們不該受懲罰。妳很好運，太太，是要非常好運他們才會放了他。」

父親說：「走吧。」

他打開車門，恩納馬比亞坐進車裡，我們便驅車回家。一路上，父親完全不在任何警察崗哨停留。當我們飛快通過某個崗哨，一名警察威脅似地揮舞著他的槍。這趟安靜的車程中，母親只說了一句話，問恩納馬比亞要不要我們在第九個英里處暫停一下，買些歐巴。恩納馬比亞說不要。直到抵達恩蘇卡，他才開始說話。

「昨天那些警察問那個老人想不想要一桶免費的水，他說要，他們就叫他把衣服脫掉在走廊上遊行，我的牢友都在笑。可是有些人說不應該這樣對待一個老人。」恩納馬比亞稍停一會兒，眼神望向遠方。「我對警察大喊，我說老人是無辜的，又生了病，如果他們把他關在這裡，那就永遠找不到他兒子，因為他根本不知道他兒子在哪裡。他們叫我最好馬上閉嘴，不然就要把我關進一號牢房。我不在乎。我沒有閉嘴，所以他們把我拖出去，打了我一頓，帶我去一號牢房。」

恩納馬比亞說到這裡就停了，我們也沒再多問。我只是想像著他扯開嗓門，罵那個警察是愚蠢的白痴、沒種的膽小鬼、虐待狂、王八蛋，又想像那些警察有多驚訝、那個頭頭有多驚訝，啞口無言盯著他，其他牢友又有多驚訝。這個念大學的英俊小子居然有這種膽量。然後，我又想像那個老人帶著意外的一臉驕傲抬頭看，靜靜地拒絕脫衣。恩納馬比亞沒有說在一號牢房裡發生了什麼事，也沒有說在新監獄裡發生了什麼事。我覺得那個地方好像只要把人關進去，不久之後人就會消失。我這迷人的哥哥輕輕鬆鬆就能把這故事變為一場華麗演出，但他沒有。

贋品

恩凱正盯著客廳壁爐架上貝南傳統面具那雙浮腫而歪斜的眼睛，直到這時，才聽說了她丈夫的女朋友。

「她真的很年輕，二十一歲之類的。」她朋友伊傑瑪瑪卡在電話上說。「她的頭髮又短又捲，妳知道的，就是那種很小又很捲的鬈髮，不是很蓬鬆，我想應該有用造型霜，聽說年輕人現在都喜歡用造型霜了。我是不應該對妳說這個啦，拜託，我也知道男人就是那個樣，不過我聽說她已經搬進妳家。嫁給有錢男人就是會發生這種事。」伊傑瑪瑪卡停了下來，恩凱聽到她倒抽一口氣，發出刻意而誇張的聲音。「我是說，當然啦，歐比奧拉是個好男人，」伊傑瑪瑪卡繼續說。「可是把他的女朋友帶進你們的家也太不尊重人了。她開著他的車在拉各斯到處跑呢，我自己就親眼看見她開著那輛馬自達在亞沃洛沃路上跑。」

「謝謝妳告訴我。」恩凱說，想像著伊傑瑪瑪卡的嘴巴嘛在一起，就像被吸到完全沒有汁液的柳橙，是一張說話說到累歪的嘴。

「我一定要告訴妳啊，不然朋友是幹麼的？不然我還能怎麼辦？」伊傑瑪瑪卡說。恩凱很想知道伊傑瑪瑪卡在說「怎麼辦」時音調上揚，是不是帶著開心的意味？

接下來的十五分鐘裡，伊傑瑪瑪卡談論著她回奈及利亞的事。比起上次回去物價又漲了多少，如今就連木薯泥都好貴。每次車子卡在車陣中時圍上來的孩子多了多少，在她的家鄉三角州主要道路又因為土壤侵蝕流失缺了多少塊。恩凱在適當的時間點發出嘖嘖或嘆氣，並沒有提醒伊傑瑪瑪卡她幾個月前也有回奈及利亞過聖誕節，並沒有告訴伊傑瑪瑪卡她的手指痲了，暗自希望伊傑瑪瑪卡沒打電話來。最後，她掛電話前答應要找個週末帶孩子去紐澤西，拜訪伊傑瑪瑪卡，而她知道自己不會遵守這個承諾。

她走進廚房，給自己倒了一杯水，然後把水放在桌上，一口未喝。她走回客廳，盯著貝南面具，它閃耀著紅銅顏色，臉上的抽象五官特別大。她的鄰居說這面具「很高貴」，因此住在兩棟房子之外的那對伴侶也開始蒐集非洲藝術品，而他們也願意接受做工高明的贗品，不過那些人很喜歡談論要找到真品有多困難。

恩凱想像著四百年前的貝南人是如何雕刻出原始的面具。歐比奧拉告訴她，他們會在宮殿儀式中使用這些面具，放在國王兩側來保護他，抵抗邪惡力量。只有被特別選中的人才能成為面具的守護者，而在國王入葬時，同樣也由他們負責帶來新鮮的人頭陪葬。恩凱想像他們是何等驕傲的年輕人，渾身肌肉，棕色的皮膚上擦著棕櫚仁油，因而閃閃發光，腰間纏著整齊的纏腰布。她想像著，而這一切只是她自己的想像，因為歐比奧拉並不如此認為，他想像那些驕傲的年輕人希望自己不必砍下陌生人的頭給國王陪葬，希望他們也可以用這些面具來保護自己，希望也能參與決定。

・・・

她第一次隨歐比奧拉到美國來時已經懷孕了。歐比奧拉租了一棟房子，後來又把這裡買下。這裡聞起來就像綠茶一樣清新，短短的車道上鋪滿礫石。我們住在費城附近一處可愛的郊區。在電話上，她這樣對拉各斯的朋友說。她寄給他們自己和歐比奧拉在自由鐘旁的合照，照片後面得意地寫上美國歷史上非常重要的文物，還附上一本印刷精美的小冊子，封面印著頭髮快禿光的班傑明．富蘭克林。

她在櫻桃木街上的鄰居都是身材纖細的金髮白人，他們過來打招呼、自我介紹，詢問她是否需要幫忙，像是考駕照、申請電話、找維修工人等等。她並不在意自己的口音與一副外國人的模樣，她在他們眼中是如此無助。她喜歡他們以及他們的生活。歐比奧拉常將這樣的生活稱之為「塑膠做的」，但她知道，他也希望孩子可以像他們的鄰居，成為那種食物掉到地上會撿起來聞一聞，說這東西「壞掉了」的小孩。她這輩子，在她的童年裡，一定會把食物撿起來——而且不管那是什麼都會吃掉。

歐比奧拉待了前幾個月，所以鄰居一直到後來才開始問起他。她丈夫去了哪裡？出了什麼事嗎？恩凱說一切都很好，他住在奈及利亞以及美國；他們有兩個家。她看見他們眼中的懷疑，知道他們想起了會在佛羅里達和蒙特婁有第二個家的其他夫妻，兩人同時又分別地住在某一邊的家中，但是仍在一起。

她告訴歐比奧拉鄰居對他們多好奇，他笑了，說這些剝了皮的白人[4]就是這樣。如果你做事的方法不同，他們就會覺得你不正常，好像他們的方式才是唯一可行。雖然恩凱也知道有許多奈及利亞夫妻是會住在一起，一整年如此，她仍什麼都沒說。

恩凱伸出手撫摸過貝南面具鼻子上的圓潤金屬。這個贗品的品質是最好的，歐比奧拉幾年前買下面具時這麼說。他告訴她英國人如何在十九世紀末的討伐遠征[5]中劫走了原始的面具，英國人又是如何喜歡使用「遠征」和「平定」等詞彙來指稱殺戮及劫掠。這些面具，歐

4 oyibo，有時候拼成 oyinbo，伊博語中用來指白人的戲謔稱呼，意思是 man with a peeled-off skin。

5 指一八九七年時英國代理領事詹姆斯．菲利浦（James Robert Phillips）因觸怒貝南國王引來殺身之禍，整隊人馬在貝南河岸遭到屠殺，因此英國海軍上將哈利．羅森爵士（Admiral Sir Harry Rawson）指揮了一場討伐行動，造成西非貝南王國的覆滅，許多文物及藝術品也落入英國手中。

比奧拉說，有上千個，都被視為「戰利品」，如今陳列在世界各地的博物館中展示。

恩凱拿起面具壓在自己臉上。面具十分冰冷、沉重，毫無生氣，但是歐比奧拉談論此物，以及談論其他所有事情時，似乎都能讓這些東西有生氣而溫暖。去年，他帶回了諾克文化[6]的陶瓦，就放在走廊的邊桌，他告訴她古代的諾克人會將真品用在祭祀祖先的儀式上，放在神龕裡，並獻上食物供品。大部分也被英國人運走了，還告訴當地人（剛接受基督教洗禮，而且盲目得愚蠢，歐比奧拉如此說道），這些雕刻是異教崇拜。我們從來就不珍惜自己所擁有的，歐比奧拉說到最後總這樣結尾，接著又再說一次那個故事。愚蠢的國家元首到了拉各斯的國家博物館，逼館長將四百年歷史的雕像交給他，他再當成禮物送給英國女王。有時恩凱會懷疑歐比奧拉講的究竟是不是真的。不過她會傾聽，因為他講起這些是多麼慷慨激昂，因為他的眼神是這樣閃閃發光，彷彿就要流下淚。

她很好奇他下禮拜要帶什麼回來，開始期待看到這些藝術品，可以碰觸、可以想像真品的感覺，可以想像這些藝術品背後的故事。下禮拜，她的孩子能再次對著某個真的人喊「爸爸」，而不僅僅是電話上的聲音。她晚上醒來時也能聽見身旁的打呼聲，又能在浴室裡看到另一條用過的毛巾。

恩凱確認了一下電視盒上顯示的時間，她還有一個小時才需要去接孩子。她的女傭阿美琪小心地將垂地的窗簾分開，太陽在客廳中央的玻璃桌上灑了一方金黃光芒，她坐在皮革沙發邊上環顧客廳，想起那天伊森室內裝潢公司的送貨員過來換燈罩時，說：「太太，您的家非常漂亮。」同時臉上帶著好奇的美國笑容，這表示他相信總有一天自己也可以擁有這樣的房子。這是她開始喜歡上美國的其中一個原因，他們總是抱持著過多毫無道理的希望。

一開始，她必須到美國生孩子的時候，感到一股驕傲的興奮，因為她嫁進了人人垂涎的那個群體，是「有錢的奈及利亞男人送妻子到美國生小孩」，接著他們租的房子打算要出售，價錢很好，歐比奧拉先這麼說，再告訴她「我們會買下來」。她喜歡他說「我們」，彷彿她真的也能發表意見；她也喜歡自己又加入了另一個群體，這群人是「有錢的奈及利亞男人，在美國買了房子」。

他們從來沒有真的決定讓她留在這裡陪孩子，艾妲娜出生三年，他們又有了歐肯，事情就這樣發生。她先是在艾妲娜出生後留下，上了幾堂電腦課程，因為歐比奧拉說這樣很好。緊接著歐比奧拉幫艾妲娜註冊了幼稚園，這時恩凱也懷了歐肯。他又找到很好的私立小學，對她說學校這麼近真是太幸運了，只要開車十五分鐘就能送艾妲娜上學。她從來就想像不到自己的孩子能夠去上學，和白人小孩並肩坐在教室裡。這些小孩的父母都擁有建在獨立山丘上的豪宅，她從來沒想像過這樣的生活，所以什麼也沒說。

前兩年，歐比奧拉幾乎每個月都來看他們，而她和孩子也會回家過聖誕。當他終於拿到政府的大合約，就決定只在夏天來訪，待兩個月。他再也無法那麼常出門，因為他不想冒著

6　諾克文化（Nok）是位於奈及利亞的鐵器時代文化遺跡。

失去那些政府合約的風險，而那些合約也如此這般一直進來。他登上五十大最有影響力奈及利亞商人的排行榜，把《新聞觀察》雜誌上的頁面影印下來寄給她，她就把這些剪報收集在一個資料夾裡。

恩凱嘆口氣，伸手耙了耙頭髮。這感覺起來太厚、太老了。她已計畫好明天去找髮型師整理得柔順一些，弄成一撥就能垂在頸間的長度。這是歐比奧拉喜歡的樣子，而且她也計畫好禮拜五要去做蜜蠟除毛，把陰毛修到只留一條細線，這也是歐比奧拉喜歡的樣子。她走出客廳、經過走廊，踏上寬闊的階梯，又轉身下樓走進廚房。她以前常像這樣在拉各斯的房子裡走來走去，她和孩子在那裡過聖誕的三個禮拜間，日日如此。她會聞一聞歐比奧拉的衣櫥，伸手撫摸他每一個古龍水瓶，將疑心屏除在腦海之外。有一年的平安夜，電話響起，卻在恩凱接起後就掛斷，歐比奧拉笑著說：「某個年輕人的惡作劇吧。」恩凱告訴自己，或許的確是年輕人的惡作劇，或者更好，真的有人打錯電話。

⋯

恩凱回頭，走上樓進到浴室，聞到阿美琪剛剛用來擦拭磁磚的來舒清潔劑那股刺鼻味。

她盯著鏡中自己的臉。她的右眼看起來比左眼小。「美人魚的雙眼」，歐比奧拉這麼形容。他認為比起天使，美人魚是最美麗的生物。她的臉總是引人討論，那臉型是多麼完美的橢圓、深色肌膚是多麼無瑕，但歐比奧拉說她的眼睛像美人魚的雙眼，讓她覺得自己有一副不同以往的美貌，彷彿這樣的稱讚讓她擁有了另一雙眼睛。

她拿起剪刀。她用這把剪刀把艾妲娜的蝴蝶結修剪得更整齊，放到女兒頭上。她拉起一綹頭髮，在接近頭皮的位置剪下去，只留大約拇指指甲那麼長，要用定型劑把頭髮拉成鬈髮，只要這麼長就夠了。她看著頭髮飄然落下，就像棕色的棉絮落到白色洗手臺。她剪掉更多，一撮撮頭髮持續飄落，就像燒焦的飛蛾翅膀；她繼續剪短，掉下更多頭髮，有些掉進眼睛，讓她發癢。她打了個噴嚏，聞到今天早上抹在頭髮上的粉紅油保溼乳，想起曾見過一面的某個奈及利亞女人，叫做依菲茵瓦，或依菲歐瑪，她記不得了。她們是在德拉瓦一場婚禮上認識的，她的丈夫也住奈及利亞，蓄著一頭短髮，不過她的是自然的真髮，沒用造型霜或定型劑。

那個女人抱怨著說起「我們的男人」，一副相當親熱的模樣，好像恩凱和她的丈夫有親戚關係似的。我們的男人想把我們留在這裡，她這樣對恩凱說，他們會過來談生意、度假，把我們和孩子留在這裡住大房子、開汽車。他們幫我們雇用奈及利亞來的女傭，不必付給她們誇張的美國工資，然後他們說生意在奈及利亞比較好什麼的，但是妳知道為什麼就算這裡的生意比較好，他們也不會搬來這裡嗎？因為美國對大人物沒興趣。在美國，沒有人衝著他們喊「先生！先生！」沒有人會在他們坐下前趕過來把椅子擦乾淨。

恩凱問她是否打算要搬回去，那女人翻了一個白眼，一副恩凱剛剛出賣了她的模樣，但我怎麼能再回去住奈及利亞呢？她說，在這裡待了這麼久，已經不一樣了，妳已經和那裡的人不一樣了。我的孩子要怎麼融入那裡的人？而恩凱雖然不喜歡那女人把眉毛修成那麼銳利的角度，卻能理解她的意思。

恩凱放下剪刀，呼喊阿美琪過來清理頭髮。

「太太！」阿美琪尖叫一聲。「*Chim o*！老天啊！您怎麼把頭髮剪掉了？發生了什麼事？」

「一定要發生什麼事我才能剪頭髮嗎？把頭髮清乾淨！」

恩凱走進她的房間，看著加大雙人床上俐落平整的佩斯利花紋床罩。就連阿美琪那雙幹練的手也藏不住另一邊床上有多平坦，傳達出它一年只會使用兩個月的事實。歐比奧拉的郵件整齊堆放在他的床頭邊桌，有信用卡的預審批准、亮視點眼鏡行的廣告傳單，真正重要的人都知道，他其實住在奈及利亞。

她走出來，站在浴室旁，阿美琪正在清理頭髮，認真地將棕色髮絲掃進畚箕，彷彿這些髮絲帶著什麼力量。恩凱真希望自己剛剛沒發脾氣，有阿美琪在的這些年，太太和女傭之間的那條界線早已模糊。她想著，這就是美國對妳的影響，逼著妳學習人人平等。事實是，妳除了自己的兩個幼兒外沒有別人可以說話，於是便找上女傭，而在妳發現以前，她已經成為妳的朋友，與妳平起平坐。

「我今天很不好過，」過了一會兒，恩凱開口。「對不起。」

「我知道，太太，從妳臉上就看出來了。」阿美琪說，揚起微笑。

電話響起，恩凱知道是歐比奧拉。沒有人會這麼晚打來。

「親愛的，*kedu*？怎麼啦？」他說。「抱歉，我沒辦法早點打電話，才剛從阿布賈和部長開會回來，飛機又延遲到午夜才起飛，都快凌晨兩點了，妳敢相信嗎？」

恩凱發出一個表示同情的聲音。

「艾妲娜和歐肯怎麼樣？*Kwanu*？」他問。

「他們很好，都睡了。」

「妳生病了嗎？還好嗎？」他問。「聽起來怪怪的。」

「我很好。」她知道自己應該對他說說孩子的一天，要是他太晚打電話來，沒辦法和孩子說到話，她通常都會這樣做。但是她覺得自己的舌頭腫了起來，沉重得無法吐出言語。

「今天天氣如何？」他問。

「回暖了。」

「希望在我過去之前就暖和起來，」他說完，笑了。「我今天訂好了機票，等不及要看到你們了。」

「你是不是……？」她才剛開口就被他打斷。

「親愛的，我得掛了，有個電話進來。部長的特助居然這種時候打電話來！我愛妳。」

「我愛你。」她說，不過電話已經斷了。她努力想像歐比奧拉的模樣，卻沒辦法。因為她不知道他是在家、在車上，或在其他地方。接著她又想，不知道他是不是一個人，又或者他是不是和那個蓄著短鬈髮的女孩在一起。她的心思飄呀飄，回到奈及利亞的臥房。那是她和歐比奧拉的房間，每年聖誕節回去仍然感覺像間飯店。那個女孩睡覺時會抓著她的枕頭嗎？那女孩的呻吟會大聲地傳到化妝鏡又反彈回來嗎？那女孩會踮著腳尖走到臥室嗎？以前她還單身時，已婚的男朋友在老婆不在家的週末帶她回家過夜，她就會這樣做。

在歐比奧拉之前，她也和已婚男人交往。在拉各斯，哪個單身女孩沒有過？伊肯納是個生意人，在她父親動了疝氣手術後幫忙付了醫院帳單；堂吉是一名退伍的將軍，幫忙修好了她父母家的屋頂，又買了沙發。那是他們第一次擁有真正的沙發，她原本會考慮成為他的第四個妻子，因為他是穆斯林，而且也可能求婚，這麼一來他就會幫忙負擔她弟弟妹妹的學費，畢竟她只是個*ada*，也就是女兒。這不僅讓她煩惱，更多的是羞愧，因為她無法做到人們對長女的期待，仍讓她的父母在貧瘠的土地上為生活掙扎，弟妹也在轉運站裡尋覓遊客吃不完的麵包果腹。但是堂吉沒有求婚。在他之後，又有其他男人，那些男人會讚美她嬰兒般的肌膚，那些男人送給她一大堆禮物，那些男人從來不求婚，因為她上的是祕書學校，而不是大學。就算她貌美如花，仍然會搞混英文時態，因為她歸根究柢也只是個鄉村女孩。

某個下雨天，她遇見了歐比奧拉。他走進了廣告公司的接待處，她則微笑著說：「早安先生，需要什麼服務嗎？」他說：「需要，請讓雨不要再下了。」美人魚的雙眼，在那第一天，他就這麼叫她。他並沒有像其他男人那樣叫她到一間隱密的客房裡找他，而是帶她到熱鬧又人來人往的環礁餐廳吃晚餐。在那裡，無論是誰都可能看見他們。他問起她的家人，並點了一瓶紅酒，她在舌尖上嘗到酸味，他告訴她：「妳慢慢就會喜歡。」於是她讓自己立刻喜歡上紅酒。她一點都不像他朋友的那些太太，就是那種會出國並在哈洛德百貨逛街時撞見彼此的女人。她也一直屏著呼吸，等待歐比奧拉明白這一點後離開她。但是好幾個月過去，他幫她的弟弟妹妹註冊入學，也把她介紹給帆船俱樂部裡的朋友，讓她搬出歐喬塔的單身小套房，住進伊凱賈市區真正有陽臺的套房。他問她願不願意嫁給他時，她想著這實在沒必要，何必多問呢，就算他直接說要娶她她也會很高興。

此時恩凱感到一股強烈的占有欲。她想像這個女孩安穩地躺在歐比奧拉的環抱中，躺在他們的床上。她放下電話，對阿美琪說她馬上回來，驅車前往沃格林超市買了一盒造型劑，再回到車上。她打開車內燈光盯著那盒子，盯著紙盒上蓄著超短鬈髮的女人。

恩凱看著阿美琪削馬鈴薯，看著那薄薄的皮垂下來變成一道半透明的棕色螺旋。

「小心，妳快削斷了。」她說。

「以前要是我削番薯皮時削得太厚，我媽媽就會把番薯皮往我皮膚上擦，會癢好幾天呢。」阿美琪說完，笑了一聲。她把馬鈴薯切成塊。在家鄉，她會用番薯來做 *ji akwukwo* 這道燉菜，不過這裡就算去非洲商店也很難找到番薯——真正的非洲番薯，不是美國超市裡拿來當成番薯賣的那種高纖維馬鈴薯。番薯贗品，恩凱想著，露出微笑。她從來沒有告訴阿美琪她們的童年有多麼相似，她母親或許不會拿番薯皮擦在她身上，話說回來他們也很少有番薯可吃，而是湊合出一些能吃的食物，她記得母親會去拔沒有人吃的雜草葉煮成湯，堅持說這是可以吃的，恩凱覺得那些葉子嘗起來總有尿味，因為她會看到附近的男孩在那些雜草根上撒尿。

「太太，您想要我用菠菜還是乾南非葉？」阿美琪問。只要恩凱坐在廚房看她煮飯，她就會問，您要我用紅蔥還是洋蔥？牛高湯還是雞高湯？

「妳想用什麼就用什麼。」恩凱說。她沒有忽略阿美琪看向她的眼神。通常恩凱都會說用這個或用那個，此時她則不知道她們何必還要演這一齣。是想騙誰？她們都知道阿美琪在廚房裡比恩凱厲害多了。

恩凱看著阿美琪在水槽裡洗菠菜，雙肩隨著動作明顯晃動，她的臀部寬大而結實。她還記得歐比奧拉帶來美國的那名害羞而勤勞的十六歲女孩，她對洗碗機著迷了好幾個月。歐比奧拉雇用了阿美琪的父親當司機，買了一輛摩托車送他，也說阿美琪的父母讓他很不好意思，因為他們跪在地上抱著他的大腿感謝他。

阿美琪搖晃著裝滿菠菜葉的濾水盆，這時恩凱說：「妳的歐比奧拉老闆有個女朋友，搬進了拉各斯的房子。」

阿美琪鬆手讓濾水盆掉進水槽。「太太？」

「妳聽見我說的了。」恩凱說。她和阿美琪會聊孩子最會模仿卡通淘氣小兵兵裡的哪個角色、做非洲燉飯的話用班叔叔牌的蒸穀米比印度香米好、美國小孩子對大人講話時一副平起平坐的態度，但從來沒有聊過歐比奧拉──除非在他過來時討論一下他會想吃什麼，或者要怎麼洗他的襯衫。

「太太，您怎麼知道？」阿美琪終於問了。她轉過身來看著恩凱。

「我朋友伊傑瑪瑪卡打電話來告訴我的。她剛從奈及利亞回來。」

阿美琪大膽地直接注視恩凱，好像想逼她收回自己的話。「可是太太……她確定嗎？」

「像這樣的事情，我確定她不會對我說謊。」恩凱說著，往後靠在椅背上。她覺得好荒謬。想想，她居然在確定丈夫的女朋友已經搬進他們家裡，或許她應該質疑，她應該記得伊傑瑪瑪卡那顆易碎的嫉妒心。伊傑瑪瑪卡總是有辦法說些讓她崩潰的話。但這一切都不重要，因為她知道這是真的：有個陌生人在她家裡。唔，這話聽起來也不太對。形容一下拉各斯的家：那棟房子在維多利亞花園城附近，那裡的豪宅都隱身在高聳的大門後。然而這樣一個地方卻是她的家，這裡才是家，這棟在費城郊區的棕色房屋，屋外的灑水器在夏天會拋射出完美的水弧線。

「太太，歐比奧拉老闆下禮拜回來的時候您要和他談談。」阿美琪說話時帶著無可奈何的語氣，把植物油倒進鍋子裡。「他會叫她搬出去。這樣不對。怎麼能讓她搬進你們房子呢。」

「叫她搬出去，然後呢？」

「太太，您要原諒他，男人都是那樣的。」

恩凱看著阿美琪。她腳上穿著藍色拖鞋，就那麼安安穩穩、扁平地貼在地板上。「要是我對妳說他有女朋友呢？不是說她搬進我們家，只是說他有女朋友呢？」

「太太，我不知道。」阿美琪避開恩凱的眼睛。她把切碎的洋蔥倒進熱好的油鍋，鍋裡發出滋滋的聲響，讓她稍稍後退。

「妳覺得妳的歐比奧拉老闆一直都有女朋友對吧？」

阿美琪翻炒洋蔥，恩凱感覺得到她的手微微發抖。

「太太，這不是我能說的。」

「阿美琪，如果我不想對妳講這個，就不會告訴妳了。」

「可是太太，您也知道啊。」

「我知道？我知道什麼？」

「您知道歐比奧拉老闆有女朋友，您不會多問，但心裡知道。」

恩凱感到左耳裡有一股不舒服的擾動。「知道」到底是什麼意思？她不願意去具體想像其他女人、甚至不願意去思考這種可能性。這樣也是「知道」嗎？

「太太，歐比奧拉老闆是個好男人，他也愛您，他可不是利用您玩玩而已。」阿美琪把鍋子從爐上拿起來，堅定地看著恩凱。她的聲音變得比較溫柔，幾乎像在哄她。「很多女人都會嫉妒的。或許您的朋友伊傑瑪瑪卡也是嫉妒，或許她不是真朋友，有些事情她不該告訴您，有些事情您不知道比較好。」

恩凱伸手耙過自己剪短的鬈髮，因為稍早塗上了造型劑和鬈髮定型劑，所以黏黏的。於是她起身洗手。她想要同意阿美琪的話，有些事情最好不要知道，但是話說回來，她也不是那麼肯定了。她想著，或許伊傑瑪瑪卡告訴我這件事也不是那麼糟，伊傑瑪瑪卡為什麼打電話來，已經不再重要。

「檢查馬鈴薯。」她說。

⋯

那天晚上稍後，她把孩子都送上床，拿起廚房電話，撥打那個十四碼的號碼。她幾乎不曾打電話到奈及利亞，都是歐比奧拉打來，因為他的世界網手機打國際電話的費率較好。

「喂？晚安。」是個男人的聲音，沒受過教育，帶著鄉村氣息的伊博語口音。

「我是太太，從美國打來的。」

「啊，太太！」那聲音變得親熱起來。「晚安，太太。」

「請問你是？」

「太太，我叫烏契納，是新來的男僕。」

「你什麼時候來的？」

「太太，兩個禮拜了。」

「歐比奧拉老闆在嗎？」

「他不在，太太，還沒從阿布賈回來。」

「家裡還有別人在嗎？」

「怎麼了，太太？」

「家裡還有別人在嗎？」

「太太，還有席維斯特跟瑪麗亞。」

恩凱嘆了口氣，她知道管家和廚子當然在家，奈及利亞此時是半夜。但這個新來的男僕聽起來是否有所遲疑？這個歐比奧拉忘了向她提起的新男僕？那個鬈髮女孩在嗎？又或者，她跟著歐比奧拉一起去阿布賈出差了？

「家裡還有別人在嗎？」恩凱又問了一次。

電話那頭停頓了一會兒。「太太？」

「除了席維斯特跟瑪麗亞，家裡還有別人在嗎？」

「沒有了，太太，沒有。」

「你確定嗎？」

男僕停頓得更久了。「確定，太太。」

「好吧，告訴歐比奧拉老闆我有打電話來。」

恩凱很快掛了電話。我變成了這種人，她想，向一個我甚至不認識的新男僕打探丈夫的消息。

「您想喝一杯嗎？」阿美琪問，注視著她。恩凱不知道那是不是同情，阿美琪略斜的雙眼中閃著粼粼波光。喝一杯已經成為她們的慣例；她，以及阿美琪的。這樣維持了好幾年，從恩凱拿到綠卡的那天開始。那天，等到孩子都上床睡覺之後，她開了一瓶香檳，給自己和阿美琪都倒了一杯。「敬美國！」她的話聲淹沒在阿美琪太過宏亮的笑聲裡。她再也不需要為了回到美國而申請簽證、不再需要忍受美國大使館裡那些高傲而輕蔑的問題。因為她有了這張一掰就斷的塑膠卡。卡片上，她的照片看起來一臉緊繃，因為她現在真正屬於這個國家，這個充滿新奇又有點陌生的國家。在這個國家，你可以晚上開車出門，無須擔憂持槍搶匪。在這裡的餐廳點單人份的食物，就足以餵飽三個人。

不過她確實很想家，想念她的朋友，想念她身邊的人講起伊博語、約魯巴語和洋涇濱英語時的抑揚頓挫，而在白雪覆蓋了街上的黃色消防栓時，她想念著拉各斯無論何時都耀眼的陽光，就連下雨也強烈無比。有時候她會想著搬回家鄉，但從來沒有認真、具體考慮過。她在費城每個禮拜會和鄰居去上兩次皮拉提斯，她會幫孩子的班級烤餅乾，她的餅乾總是最受歡迎。她會認為銀行也有得來速服務，她已經習慣了美國生活，扎根在她皮膚底下、越鑽越深。「好啊，喝一杯。」她對阿美琪說。「拿冰箱裡那支紅酒和兩個杯子。」

⋮

恩凱沒去做私處的蜜蠟除毛，她開車到機場去接歐比奧拉時，兩腿間不是一條細細的線。她看著後照鏡裡的歐肯和艾妲娜在後座繫著安全帶，他們今天很安靜，好像也感覺到她的緊繃，發現她臉上並沒有笑容。她以前開車到機場去接歐比奧拉時看著他擁抱孩子，經常都是笑著的。他們在第一天晚上都會出去吃晚餐，可能是奇利斯或其他餐廳，歐比奧拉會看著孩子在菜單上塗色畫畫。等他們到家，歐比奧拉就會拿出禮物，孩子會玩著新玩具，熬夜不睡覺。他會買給她新香水，不管什麼氣味，總之是最流行的，而她會擦著上床，再加那件一年只穿兩個月的蕾絲睡衣。

他總會讚嘆孩子學會了什麼，還有他們喜歡些什麼、不喜歡什麼，雖然她在電話上都已對他說過。歐肯跑向他說痛痛時，他會親親傷口，笑著說美國人習慣這樣親傷口，真是有趣，難道口水會讓傷口癒合嗎？他會這樣問。他的朋友來訪或者打電話來時，他會叫孩子去向叔叔打招呼，但會先對朋友開玩笑說：「希望你們能聽懂他們說的那種流利英文，如今他們可是亞美利堅人喔！」

在機場，孩子擁抱歐比奧拉時依舊是那樣毫無保留，大喊著：「爹地！」恩凱看著他們，他們很快就不會再被玩具和暑假出遊迷惑，會開始問為什麼一年只能看到爸爸幾次。

歐比奧拉親吻她的雙唇，後退看著她。他看起來一點也沒變：一個身材矮小、淺色皮膚的平凡男人，穿著昂貴的運動夾克和紫色襯衫。「親愛的，妳好嗎？」他問。「妳剪頭髮了？」

恩凱聳聳肩，臉上的微笑像是在說先注意孩子吧。艾俎娜拉著歐比奧拉的手，問爹地帶了什麼？她可不可以在車上打開他的行李箱？

吃完晚餐後，恩凱坐在床上仔細看著伊費的青銅頭像。歐比奧拉說其實是黃銅做的，頭像上有汙損，是真人尺寸、包著頭巾。這是歐比奧拉帶來的第一個真品。

「我們對待這一個要特別小心。」他說。

「是真品。」她驚訝地說，伸手撫過頭像臉上平行的刻痕。

「有些最早可以回溯到十一世紀。」他在她身邊坐下，脫掉鞋子，聲調高亢而興奮：「但這個是十八世紀的，太棒了，絕對值得那價錢。」

「這是用來做什麼的？」

「裝飾國王的宮殿，大部分都是做來紀念或表彰先王，是不是很完美？」

「是，」她說。「但我知道他們一定也用這東西來做很糟糕的事。」

「什麼？」

「就像他們用貝南面具做的那樣，你告訴我他們會殺人，這樣才能拿人頭來給國王陪葬。」

歐比奧拉的眼神直直望著她。

她用指甲敲了敲青銅頭像。「你覺得這些人快樂嗎？」她問。

「什麼人？」

「那些必須為了國王殺人的人，我想他們一定很希望自己能改變事情的做法。他們不可能會快樂。」

歐比奧拉把頭歪到一邊，仍盯著她看。「嗯，也許九百年前他們對於對『快樂』和妳如今的定義並不一樣。」

她放下青銅頭像。她想問他是如何定義「快樂」。

「妳為什麼剪頭髮？」歐比奧拉問。

「你不喜歡嗎？」

「我喜歡妳的長頭髮。」

「你不喜歡短頭髮？」

「妳為什麼剪頭髮？是美國的新流行嗎？」他笑著脫掉襯衫，要去洗澡。

他的肚子看起來不一樣了，更圓，更大。她很好奇二十幾歲的女孩子怎麼能夠忍受中年男子自我放縱得這麼明顯的跡象。她嘗試回想自己曾經交往過的已婚男子，他們也和歐比奧拉一樣有啤酒肚嗎？她記不得了。突然間，她什麼都記不得了。她想不起自己的生活已變成什麼模樣。

「我以為你會喜歡。」她說。

「親愛的，有妳那張漂亮的臉蛋，配什麼都好看。但是我比較喜歡妳的長頭髮，妳應該留回來。大人物的太太留長頭髮比較優雅。」他在說「大人物」的時候做了個鬼臉，笑了。

他現在全身赤裸。他伸展身體，她看著他的大肚腩上下移動。早些年，她會和他一起洗澡，雙膝跪地將他納入口中，因為他與圍繞著他倆的蒸氣而興奮，但如今已經不一樣了。她就和他的肚腩一樣變得柔軟，順服而寬容。她看著他走進浴室。

「我們可以把一整年的婚姻壓縮成夏天時過兩個月、十二月過三個星期嗎？」她問。「婚姻是可以壓縮的嗎？」

歐比奧拉沖了馬桶，打開門：「妳說什麼？」

「*Rapuba*，沒什麼。」

「和我一起洗。」

她打開電視，假裝沒聽見，思考著那個短鬈髮女孩，她會不會和歐比奧拉一起洗澡呢？她很努力回想，卻仍想不起拉各斯家裡的淋浴間長什麼樣，好像有許多金邊裝飾吧，但她也可能搞混了，想成某個飯店房間。

「親愛的？和我一起洗。」歐比奧拉從浴室探頭出來。他已經好幾年沒這樣要求了，她開始脫衣服。

淋浴間裡，她正用肥皂搓他的背。她說：「我們得幫艾妲娜和歐肯在拉各斯找間學校。」她本沒有打算說出口，但時機看來正好，這就是她一直想說的話。

歐比奧拉轉過身來盯著她：「什麼？」

「我們要在學期末搬回去，我們要搬回去拉各斯住，要搬回家。」她放慢說話的速度，為了說服他，也為了說服自己。歐比奧拉仍然盯著她。她知道他從來沒有聽過她大聲發言，沒有聽過她站在什麼立場說話。她暗自懷疑這會不會是一開始他喜歡自己的原因，因為她順從他，讓他代他倆發言。

「我們可以在這裡度假，一起度假。」她說，刻意強調「我們」二字。

「什麼……？為什麼？」歐比奧拉問。

「如果家裡雇用了新男僕，我要知道，」恩凱說。「而且孩子需要你。」

「如果這是妳想要的，」歐比奧拉終於說。「我們可以討論看看。」

她溫柔地將他轉過去，繼續用肥皂搓他的背。沒有什麼好討論的，恩凱知道，就這樣決定了。

私密經驗

琪卡先從商店窗戶爬了進去，再掀起百葉窗讓後面那個女人也爬進來。商店看起來像是在暴動開始前就廢棄許久，木架上空空蕩蕩，積了黃色沙塵，堆在角落裡的鐵櫃也是一樣。商店很小，比琪卡家裡臥室的更衣間還要小。女人爬進來後，琪卡就把百葉窗放下，發出吱嘎聲。琪卡的手在發抖，穿著高跟涼鞋從市場跑了那麼一段顛顛簸簸的路，小腿肚也像是火燒。她想要感謝那個女人，謝謝她在她衝過去時攔住了她，說：「不要跑那邊！」而且還帶著她來到這間空無一人的商店躲藏。不過她那句謝謝還沒來得及說出口，女人就先開口，她伸手摸著自己赤裸裸的脖子。「我逃跑的時候項鍊掉了。」

「我什麼都掉了，」琪卡說。「我本來在買柳橙，結果把柳橙和包包都掉了。」她沒有繼續說那個包包是Burberry的，是母親最近去倫敦旅遊時買的正貨。

女人嘆了口氣。琪卡想，她應該是想起了自己的項鍊，大概是那種串在線上的塑膠珠。就算那個女人講話時沒有明顯的豪薩族口音，琪卡也看得出她是北方人，因為她的臉比較窄，也很少看到像她這樣隆起的顴骨。而且她是穆斯林，因為她戴著頭巾——那頭巾現在只是那麼垂在女人的脖子上，先前或許是鬆鬆地圍著她的臉，遮住耳朵。那條頭巾又長又薄，而且黑粉相間，用便宜的玩意兒裝飾得漂漂亮亮。琪卡不知道那個女人是不是也在打量她，又或者是不是能從她的淺色皮膚及母親堅持要她配戴的銀色玫瑰經戒指，看出她是伊博族，又是基督徒。其後琪卡會得知，就在她和那個女人談話的時候，豪薩的穆斯林正揮著大砍刀砍殺伊博的基督徒，用石頭砸他們。不過在此時，她說：「謝謝妳叫住我，一切發生得太快，大家都在跑，突然之間就只剩我一個人，我不知道自己在做什麼。謝謝妳。」

「這個地方，安全。」女人聲音相當輕柔，聽起來就像說悄悄話。「他們不會去小小的商店，只有大大的商店和市場。」

「對。」琪卡說，但是她沒理由同意或不同意，她對暴動一無所知：她所遇過最接近的情況，就是幾個禮拜前大學裡進行的支持民主集會。她拿著一條亮綠色的橫幅標語，隨著人群一起喊道：「軍隊下臺！阿巴查下臺！馬上民主！」再說，這是因為她姊姊恩娜迪是組織成員之一。恩娜迪跑了一間又一間宿舍發傳單、找學生談話，討論「讓人們聽見我們的聲音」有多重要。若非如此，琪卡也不會參加。

琪卡的手還在發抖。那只是半小時前，她和恩娜迪在市場裡，她要買柳橙，而恩娜迪往前多走了幾步去買花生，接著便出現此起彼落的喊叫，有英文、洋涇濱英文、豪薩語、伊博語，都在喊著：「暴動！麻煩來了！喔喔！他們殺人了！」接著她身邊的人都開始跑，互相推擠，翻倒了載滿番薯的推車。剛剛還在努力殺價想買的蔬菜如今全撞得稀巴爛。琪卡聞到汗水和恐懼的氣味，於是她也跑了，跑過寬闊的大街，鑽進這條窄路。在這裡她也害怕，感覺這裡一樣危險……直到看見這個女人。

她和女人靜靜站在商店裡好一會兒，從剛剛爬進來的窗戶往外瞧，木頭百葉窗隨風搖擺，吱吱嘎嘎。街上一開始是安靜的，隨後她們聽見腳步奔跑的聲音，兩人都直覺要離開窗邊，不過琪卡還是能看見一男一女走過去，女人抓著外袍，拉到膝蓋以上的位置，背上揹著個嬰兒，男人用伊博語講話，語速飛快，琪卡只能聽見「她可能跑到伯伯家了。」

「關窗戶。」女人說。

琪卡關上窗戶。因為沒了從街道流入的空氣，室內的灰塵突然厚重到她連用肉眼都能看見，在她頭頂翻騰。商店裡很擁擠，聞起來和外面的街道一點也不像，外頭的氣味就像天藍色的煙霧，聖誕節期間，人們若把羊肉丟進火裡、燒掉毛髮，就會飄出這種味道。那是她剛剛胡亂奔跑著的街道，不知道恩娜迪往哪個方向跑，不知道在她身旁奔跑的男人是敵是友，不知道她是不是該停下來抱起某個匆忙之間和母親走散、一臉不知所措的小孩。她甚至不知道誰是誰，或者誰殺了誰。

稍後她會看見一大堆燒焦的車輛，車窗和擋風玻璃上都被砸出巨大破洞，她會想像著這些燒焦車輛錯落在城市中，就像露營的營火，沉默見證著這一切超出負荷的事件。她會發現這一切的開端就在轉運站，有個人開車時壓過一本落在路邊的古蘭經，這個人剛好是個信仰基督的伊博族人。附近有幾個人——這些人成天坐在這裡玩西洋跳棋，這些人剛好是穆斯林。他們將那個男人拉下小型貨車，大砍刀一舉落下砍掉了他的頭，再把頭拿到市場呼籲著其他人加入，懲罰那些褻瀆神聖經書的異教徒。琪卡想像著那個男人的腦袋，皮膚因為死亡而色如槁灰，接著她會不停嘔吐，直到胃裡發酸。不過，此時她只是問那個女人。「妳還有聞到煙味嗎？」

「有。」女人說，解開她的綠色長外袍，鋪在積滿灰塵的地上。她身上只穿著一件罩衫和一件隱隱閃耀的黑色襯裙，裙邊有些扯破。「過來坐。」

琪卡看著地上那件陳舊的袍子，女人大概只擁有兩件，而這是其中之一。她低頭看著自己的牛仔裙和紅色T恤，衣服上浮凸印刷著自由女神像，兩件都是她和恩娜迪幾次去紐約找親戚過暑假時買的。「不了，妳的袍子會髒的。」她說。

「坐，」女人說。「我們要在這裡等很久。」

「妳知道要多久嗎？」

「今晚或明天早上。」

琪卡伸手摸額，好像在檢查自己有沒有因瘧疾而發燒。以冰涼的掌心觸摸額頭通常能讓她冷靜下來。但此時她的手心溼熱又發汗。「我讓我姊姊一個人去買花生了，我不知道她在哪裡。」

「她會去安全的地方。」

「恩娜迪。」

「啊？」

「我姊姊，她的名字是恩娜迪。」

「恩娜迪。」女人重複了一次，她的豪薩語口音包覆著這個伊博族名字，聽來有如羽毛般輕柔。

後來，琪卡會找遍醫院裡的太平間，想找到恩娜迪。她會抓著自己和恩娜迪上個禮拜參加婚禮剛拍的照片，到報社的辦公室，照片裡的她臉上愛笑不笑，看來很呆，因為要拍照前恩娜迪才掐了她一下。她們兩人穿著同樣花色的削肩蠟染碎花洋裝。她會多洗幾張照片，貼在市場及附近商店牆上。而她不會找到恩娜迪，她永遠找不到她。不過，此時她對女人說：「恩娜迪和我上禮拜才來這裡找我們的姑姑，我們的學校在放假。」

「妳們去哪裡上學？」女人問。

「我們念拉各斯大學，我念醫學系，恩娜迪念政治學系。」琪卡想著，不知道這個女人曉不曉得上大學是什麼意思，而她也在想，不知道自己提起學校是不是只想給自己灌輸一點這時亟需的現實感，例如她和恩娜迪並非在一場暴動中走散，恩娜迪還安全地待在某個地方，可能還用她那一派輕鬆、嘴巴張大的方式大笑著，可能還在爭論著自己的政治主張，例如阿巴查將軍政府是如何利用外交政策，讓他在其他非洲國家眼中成為合法政權。或是金髮的接髮會成為大受歡迎的主流，正是英國殖民直接影響的結果。

「我們只在這裡和姑姑過了一個禮拜，以前從沒來過卡諾。」琪卡說，而她明白了自己此時的感覺是什麼：她和姊姊不該受到暴動影響，這種暴動是她在報紙上才會讀到的事，這種暴動只會發生在別人身上。

「妳姑姑在市場嗎？」女人問。

「沒有，她在上班，她是祕書處的主任。」琪卡又伸手去摸額頭。她蹲下來挨著女人坐，距離比向來保持的還要近很多。這樣，她才能讓自己完全坐在袍子上。她聞到女人身上有某種味道，一種刺鼻的氣味，就像她們家女傭用來洗床單的那種肥皂。

「妳姑姑會去安全的地方。」

「是，」琪卡說，這種對話感覺超乎現實，她彷彿脫離了軀體，正看著自己。「我還是不敢相信發生了這種事……就是這場暴動。」

女人直視前方，她的一切都是如此修長而纖細。她把雙腿往前伸直，手指甲上沾著指甲花染料，她的雙腳也是。「這件事很邪惡。」她終於開口。

琪卡不知道是不是所有女人都這麼看待暴動，不知道自己是否也只是這麼看待此事——邪惡。她希望恩娜迪在這裡，她想像著恩娜迪那雙可可亞般的棕色眼睛發起光，雙唇快速掀動，解釋暴動並非沒來由憑空發生，解釋宗教和種族總會被政治化，因為只要飢餓的被統治者互相殘殺，統治者就能高枕無憂。然而琪卡又想，不知道這個女人的大腦是否大到能夠理解這些道理，接著她便感到一股刺痛的罪惡感。

「妳在學校開始看病人了嗎？」女人問。

琪卡馬上把眼神撇到一旁，不想讓女人看出自己心裡一驚。「臨床實習嗎？有，我們去年開始的，在教學醫院看診。」她並沒有繼續說自己經常會因為各種不確定性而驚慌，在一群六、七人的學生中，她總是瑟縮著躲在後面，避免和主治醫師對到眼，希望不會有人叫她去檢視病人的情況，提出獨特的診斷見解。

「我是小販，」女人說。「我賣洋蔥。」

琪卡想聽出這話裡是否有一絲一毫嘲諷或責備之意，但什麼都沒有。她的聲調平穩而低沉。這個女人單純只是想告訴她自己是做什麼的。

「我希望他們不會毀掉市場攤子。」琪卡回答，她也不知道還能說什麼。

「他們每次暴動都會破壞市場。」女人說。

琪卡想問女人她看過多少次暴動，但沒問出口，她讀過以前那些暴動的報導：豪薩族的穆斯林狂熱分子攻擊伊博族基督徒，有時則是伊博族基督徒為了報復而進行殺人任務。她不希望兩人的對話變成在互相責怪。

「我的奶頭燒痛得像是抹了胡椒。」女人說。

「什麼？」

「我的奶頭燒痛得像是抹了胡椒。」

琪卡的喉頭因為驚訝而彷彿卡了顆泡泡。她還沒來得及吞下那泡泡開口說什麼，女人已經拉起罩衫，解開一件老舊黑色胸罩的前釦，面額十元、二十元的奈拉紙鈔都折了起來，塞在胸罩裡。她把錢拿出來後，乳房就整個呈現在琪卡眼前。

「又燒又痛，像抹了胡椒。」她說著，捧起乳房就往琪卡面前靠，好像要給她看。琪卡挪了挪位置，她記得只不過是上禮拜，他們輪到去小兒科門診見習。主治醫師是歐倫羅優醫師，他要求所有學生去聽聽一個小男孩的第四級心雜音，小男孩睜著好奇的雙眼看著他們。醫生要她第一個聽，她開始冒汗，腦袋一片空白，連心臟在哪裡都不太確定，最後終於顫抖著把手貼在小男孩乳頭的左邊，聽見血液流動時發出的咻咻震動似乎不太對勁，貼著她的手指搏動，讓她結巴著對男孩說「抱歉、抱歉」。不過男孩只是對著她微笑。

女人的奶頭和那個小男孩的一點也不像，是布滿裂痕而緊繃的深棕色，乳暈的顏色則稍淺。琪卡仔細檢視著，伸手去觸摸。「妳有生小孩嗎？」她問。

「有，一歲。」

「妳的奶頭很乾，但看起來沒有感染。妳給寶寶餵奶之後要擦一點乳液，而且在餵奶的時候一定要讓奶頭還有這塊地方──就是乳暈──全部塞在寶寶嘴裡。」

女人看著琪卡好一會兒。「這是第一次這樣。我有五個小孩。」

「我媽媽也是，她生第六個孩子時奶頭就裂了，不知道怎麼會這樣，然後有個朋友告訴她得保溼。」琪卡說。她幾乎從不說謊，但是少數幾次說謊總有目的。她不知道這次說謊是為了什麼，為什麼她覺得有必要捏造一段和女人經歷類似的往事？她母親就只有恩娜迪和她兩個孩子，再說，母親一直都有伊博科威醫師的照顧，他在英國受訓，做事有英國風範，只要打通電話就能找到人。

「妳母親用什麼擦奶頭？」女人問。

「可可油，裂痕很快就癒合了。」

「是喔？」女人看著琪卡好一會兒，好像這句結語就能讓兩人連結在一塊兒。「好，我去找來用。」她把玩著自己的絲巾好一會兒才說：「我在找我女兒，我們今天早上一起上市場，她在公車站旁邊賣花生，因為那裡有很多客人。接著暴動就來了，我在市場裡上上下下找她。」

「妳說妳的寶寶？」琪卡問，她知道自己聽起來有多蠢，甚至一問出問題就知道了。

女人搖了搖頭，眼神中帶著一絲不耐，甚至生了氣。「妳耳朵有問題嗎？妳沒有聽到我的話嗎？」

「抱歉。」琪卡說。

「寶寶在家裡！我說的是大女兒哈莉瑪。」女人開始哭泣，但沒有哭出聲，肩膀上下起伏，不像琪卡認識的其他女人那樣大聲啜泣，不是那種彷彿呼喊著快抱抱我、快安慰我，我沒辦法獨自面對的方式。那女人的哭泣是私密的，就像正在進行一項必要的儀式，而不牽涉到其他人。

後來，琪卡會希望她和恩娜迪當初不要決定搭計程車到市場，只是為了看一看姑姑住家附近的卡諾古城風光。同時她也希望那女人的女兒哈莉瑪那天早上生病了、累了，或懶了，這樣她那天就不會去賣花生。

女人用罩衫的一角擦擦眼睛。「願阿拉保佑妳的姊姊和哈莉瑪到了安全的地方。」她說，而琪卡不知道穆斯林該說什麼來表示同意，不可能是「阿們」吧。於是她只是點點頭。

女人在商店角落裡發現一個生鏽的水龍頭，就在鐵櫃旁邊，她說，或許商店主人以前在這裡洗手，她告訴琪卡這條街上的商店好幾個月前就廢棄了。當時政府宣布這些都是違章建築、即將拆毀。女人扭開水龍頭，兩人看見居然有水涓涓流下，都感到很意外。棕色的水有一股濃濃的金屬味，琪卡能夠聞到，但總之，有水。

「我洗乾淨後祈禱。」女人說。她的音量現在比較大了，第一次露出微笑，露出整齊的牙齒，正面的幾顆發黃。她的酒窩陷進了臉頰，深得足以容納半根手指。這麼削瘦的一張臉很難見到那樣的酒窩。女人動作不協調地在水龍頭那兒洗手、洗臉，脫掉圍在頸間的絲巾，放在地上。琪卡看向他處，她知道女人正雙膝跪地、面向麥加，但是她沒有看。這就像女人的淚水，是私密的經驗，她希望自己能夠離開這間商店，又或者，她也能祈禱，能夠相信某位神祇，在這間商店遲滯而腐敗的空氣中看見某個全知的存在。她記不得是從什麼時候開始，自己對神的概念變得如此模糊，就像熱氣蒸騰的浴室裡鏡子映照出的模樣。而她也記不得自己有沒有試圖把鏡子擦乾淨過。

她撫摸著仍佩戴在手上的玫瑰經戒指。有時她會戴在小指頭上，有時是食指，只是為了讓母親高興。恩娜迪已經不戴了。有回，她一邊扯開喉嚨大笑一邊說：「玫瑰經根本就是神奇藥水，我不需要，謝謝。」

後來，她的家人會一次又一次為了恩娜迪做奉獻彌撒，希望能找到平安無事的她，但並非要讓恩娜迪的靈魂安息而奉獻。琪卡會想起這個女人，額頭貼著積塵的地板祈禱，於是她會打消念頭，不去告訴母親這樣做奉獻彌撒也只是浪費錢，只是幫教堂籌措更多資金。

女人起身時，琪卡覺得自己莫名精神絕佳。已經過了三個多小時，她想，暴動應該平靜下來了，暴動者都逐漸散去。她必須離開，必須找到回家的路，確定恩娜迪和她的姑姑都沒事。

「我得走了。」琪卡說。

女人臉上又出現那個不耐的表情。「外面危險。」

「我想他們都走了，甚至聞不到煙味了。」

女人沒有說話，又坐回外袍上。琪卡看著她好一會兒，有點失望，卻不知道為什麼。也許她希望能得到女人的祝福……之類的。「妳家有多遠？」她問。

「很遠，我要坐兩次公車。」

「那我會讓我姑姑的司機載我回來、帶妳回家。」琪卡說。

女人將頭撇向一旁，琪卡慢慢走到窗戶旁邊，打開窗，心想著會聽到女人叫她等等、叫她回來，別這麼急。不過女人沒有說話，琪卡爬出窗戶時感到背後有一雙沉默的眼神。

街上一片沉默，太陽漸漸西下，琪卡就著夕陽餘暉四處張望，不知道該往哪個方向走。她祈禱著會出現一輛計程車，或是某種奇蹟、某種幸運、某種上帝的安排。她又祈禱恩娜迪會坐在計程車裡，問她到底該死的跑哪兒去，他們擔心她都快擔心死了。琪卡朝著市場的方向走，還沒走到第二條街街底，就看到了那具屍體，她差一點就錯過，只是走得太近，感覺得到那股熱度，屍體一定才剛被燒過。那股味道令人作嘔，是血肉燒焦的氣味，是她從來沒有聞過的氣味。

之後，琪卡和姑姑在卡諾各處奔波尋找，有個警察坐在她姑姑的冷氣車前座，她還會看到其他屍體，許多都燒焦了，沿著街道兩旁躺放，就像有人小心翼翼把屍體推到那裡排整齊。她只會看著其中一具屍體，它全身赤裸，僵硬、臉朝下，她會驚覺，自己光是看著那燒成黑炭的血肉，完全看不出這個有部分燒焦的男人是伊博族或豪薩族、基督徒或穆斯林。她會聽著BBC廣播，聽著關於死亡和暴動的報導。「宗教因素中夾帶著種族對立的衝突。」那聲音會這樣說，然後她會掄起收音機砸到牆上，覺得全身充滿猛烈而燒紅的怒火，不滿這一切，不滿那麼多屍體竟用這樣寥寥數字就打包起來、予以淨化。但是現在，那具燒焦屍體的熱氣離她如此近，如此真實而溫暖，促使她轉身往商店的方向拔腿狂奔。她跑步時感覺小腿傳來刺痛，她跑到商店前，急切地敲著窗戶，不斷敲著，直到女人開窗。

琪卡坐在地上，在逐漸昏暗的光線中仔細檢視腿上那條蜿蜒而下的血痕，她的眼睛在眼眶中來回打轉，那血看來很不真實，就像有人把番茄醬噴到她身上。

「妳的腳，有血。」女人說，語氣中有著一點擔心。她在水龍頭底下把絲巾的一角打溼，將琪卡腳上的傷口擦乾淨，再用溼絲巾包紮起來，在腳踝處打了個結。

「謝謝。」琪卡說。

「妳要上廁所嗎？」

「廁所？不用了。」

「那裡有桶子，我們用來當廁所。」女人說。她從商店後方拿了一個桶子，那股味道迅速充滿了琪卡的鼻腔，混合著灰塵和金屬水的味道，讓她覺得腦袋輕飄飄、噁心想吐。她閉上眼睛。

「對不起！喔！我的肚子不舒服，今天發生太多事情了。」女人的聲音從她身後傳來。後來，女人打開窗戶把桶子放在外頭，又在水龍頭底下洗手。她回來後，和琪卡一起肩並著肩安靜坐著。過了一會兒，她們聽見遠處傳來沙啞的聲線，不停喊著口號。琪卡聽不出究竟喊了什麼。女人伸展身體、躺在地上。這時商店裡幾乎已經全暗，女人的上身躺在袍子上，其他部分則沒有。

後來，琪卡會在《衛報》上讀到。「北方說豪薩語的反動穆斯林長久以來常對非穆斯林動用暴力，」而在她的哀悼中，她不會再記得她曾檢查過一個女人的乳頭，感受到那女人的溫柔，而那女人是豪薩族的穆斯林。

✷

琪卡幾乎一夜無眠。窗戶緊閉、空氣遲滯，厚重而顆粒分明的灰塵爬進她鼻孔。她一直看見焦黑的屍體飄浮在窗戶旁的光暈裡，控訴似地指著她。終於她聽見女人起身打開窗戶，讓清晨的淡藍色能灑進來。女人站在那裡好一會兒才爬出去，琪卡聽見腳步聲，有人走過，她聽見女人喊出聲，因為認出了人而提高音量，接著是一串語速急促的豪薩語，琪卡聽不懂。

女人爬回商店裡說：「危險結束了，那是阿布，付錢給他，他會保護妳。他要去看他的店。到處都有拿催淚瓦斯的警察，阿兵哥要來了，我要走了，免得阿兵哥要開始煩人。」

琪卡慢慢站起來伸展身體，她全身關節都在疼痛。她會一路走回姑姑那座有鐵門看守的豪宅住所，因為街上沒有計程車，只有武裝吉普車和破舊的警車。她會發現姑姑手裡拿著一杯水，漫無目的地從這間房走到另一間房，口裡喃喃用伊博語不斷地說：「為什麼我要叫妳和恩娜迪來找我？為什麼我的氣要這樣騙我？」而琪卡會緊緊攬住姑姑的肩膀，帶她到沙發坐下。

此時，琪卡解開綁在腳上的絲巾，甩了甩腳，彷彿要把血漬甩掉。她把絲巾交給女人。

「謝謝。」

「好好洗洗妳的腳。祝福妳的姊姊，祝福妳的家人。」女人說，把外袍在腰際綁緊。

「也祝福妳的家人，祝福妳的寶寶和哈莉瑪。」琪卡說。後來，在她走回家的路上，她會撿起一塊石頭，上頭沾染的紅銅色是乾掉的血跡。她會把這塊可怕的死亡紀念品緊握在胸前。就在那個時候，在她緊握著石頭的時候，突然閃過一個詭異的念頭：她疑心自己可能永遠也找不到恩娜迪，她的姊姊已經不在了。但是這時，她轉向女人，又說：「我可以留著妳的絲巾嗎？可能還會流血。」

女人看著她一會兒，好像不甚明白，但她點點頭，臉上或許顯露出思考著之後該如何哀悼的想法，即使心中煩擾，她仍扯出一抹微笑，才把絲巾遞回給琪卡，轉身爬出窗戶。

鬼

今天我見到了伊肯納·歐可洛，我一直以為這個男人已經死了。或許我應該彎下腰，抓一把沙子朝他丟過去，我的族人都是這麼做，以確認某人是不是鬼魂。但我是受過西方教育的，是個七十一歲的退休數學教授，應該具備足夠的科學知識，能夠開懷地對我族人的行事方式一笑置之。我沒有朝他丟沙，反正，就算我想這麼做也沒辦法，因為我是站在大學會計室的水泥地上碰見他的。

我去詢問我的退休金——又去問了一次。「教授您好，」一臉厭世的職員亞古沃克說：「抱歉，錢還沒撥下來。」

另一個職員的名字我已經忘了，那人同樣點點頭對我道歉，嘴裡還嚼著一片可樂樹果的粉紅葉片。他們對此習以為常，我也對此習以為常，聚集在鳳凰木下那一群穿著破爛的人也習以為常，兀自大聲交談著，互相指指點點。教育部長偷走了退休金，一個人這樣說，另一個人說，是校長把錢存進了高利率的私人帳戶。於是他們咒罵校長，罵他的老二會抬不起頭，他的孩子生不出孩子，他會拉肚子拉到死。我走向他們的時候，他們對我打招呼、搖搖頭，對這樣的情況感到抱歉，一副我的教授退休金比他們的信差或司機退休金還重要的模樣。他們叫我教授，大部分人都這樣叫我，那些和他們一起坐在樹下、待在他們托盤旁的小販也這麼叫。「教授！教授！過來買好吃的香蕉！」

我和文森聊了一下。我在八〇年代擔任教職員長時，他是我們的司機。「教授，三年領不到退休金了，」他說：「所以人們才會退休等死。」

「*O joka*（是很糟糕）。」我說。不過他當然不需要我來告訴他這有多糟糕。

「教授，恩琪努還好嗎？想必她在美國過得不錯？」他總會問起我們的女兒。他以前常常載著我太太伊貝芮和我到恩努古的醫學院探望她。我記得伊貝芮過世時，他帶著親戚來參加以伊博族傳統舉行的喪禮，發表了一段雖然有點長但很感人的致詞，說他在做我們司機時伊貝芮對他多好，說她會把我們女兒的舊衣服送給他的孩子。

「恩琪努很好。」我說。

「教授，要是她打電話來，請代我向她問好。」

「我會的。」

他又和我聊了好一會兒，說我們這個國家沒有學會說謝謝、說宿舍裡的學生沒有準時付給他修理皮鞋的費用，諸如此類。但是吸引我注意力的是他的喉結——實在突出得太嚇人了，感覺好像快要刺穿他脖子那滿布皺紋的皮膚，直衝出來。文森比我年輕，可能快七十歲，但他看起來更老，頭頂上沒剩幾根頭髮。那段日子裡他載我去上班、喋喋不休地談天說地，我對此還記憶猶新，我也記得他很喜歡讀我的報紙，而我並不鼓勵他這麼做。

「教授，不如你買香蕉給我們吃吧？我們都快餓死了。」聚集在鳳凰木下的其中一個人開口。他看起來很面熟，我想他是我隔壁鄰居伊傑瑞教授的園丁。他的口氣聽起來半是玩笑、半是認真，但我還是買了花生和一串香蕉給他們。話說回來，那些人真正需要的是保溼乳液。他們的臉和手看起來就像要化成灰似的。就快三月了，哈麥丹風的季節卻還沒過去：

乾燥的風、衣物總因為靜電而發出爆裂聲，我的睫毛上也卡著細塵。今天我擦的乳液比平常更多，嘴唇上塗了凡士林，但乾燥的天氣仍然讓我的手掌和臉感覺緊繃。

伊貝芮以前會笑我沒有好好擦乳液，尤其是在哈麥丹季節時。有時候我早上洗完澡，她會慢慢在我手臂、腿和背上抹她的妮維雅乳液。我們得保養這漂亮的皮膚，說完，她會發出她淘氣的笑聲。她總是說我的皮膚正是讓她願意點頭的特色，畢竟回想起來，一九六一年那些踏破了她在埃利亞大道的家中門檻眾多的追求者，我是其中最窮的一個。「無瑕。」她這樣形容我的皮膚。從我的深赭皮膚上，我看不出什麼特別不一樣，但是過去多年來，這皮膚確實變得更光滑了點。多虧了伊貝芮雙手的按摩。

「謝謝你，教授！」那人說，開始和朋友互相打鬧，討論誰該來分食物。

我在附近站了一下，聽他們聊天，知道因為有我在場，他們說話才比較有禮貌：木匠的生意不太好、孩子病了、有更多高利貸的麻煩等等。他們常常大笑，想當然，這些人心懷怨恨，也應該怨恨，但似乎仍能保有健全的心靈。我常常會想，如果我不是還有國家統計局委派業務所存下的錢、如果恩琪努沒有堅持要寄錢給我，我會不會和他們一樣？我心存懷疑。我可能會駝著背，像烏龜那樣縮進殼裡，任憑尊嚴消磨殆盡。

最後，我向他們說了再見，走向我的車。車就停在沙沙作響的松樹旁，整排松樹像一面屏障那樣，將教育學院和會計室隔開來。就是在這個時候，我看見了伊肯納．歐可洛。是他先出聲喊我。「詹姆斯？詹姆斯．挪耶？是你嗎？」他張大了嘴，站在那裡，我看得出他的牙齒仍完整無缺。我去年掉了一顆，不想照恩琪努建議的那樣去「整修」一下。但是看到伊肯納一口整齊的牙齒，我還是覺得有點酸葡萄。

「伊肯納？伊肯納．歐可洛？」我問話的語氣帶了點試探，就像某人說出一件不可能的事：一個在三十七年前死亡的人，復活了。

「對，對。」伊肯納有點猶豫地走近，我們握了手，很快擁抱一下後分開。

伊肯納和我過去並不算是好朋友。那段日子裡，我之所以熟悉他，是因為人人都和他很熟。當時新來的校長是個在英國長大的奈及利亞人，宣布要所有講師都打領帶上課，而伊肯納違抗規定，繼續穿著他那身色彩鮮明的長袍。也是他，跳上教職員俱樂部的講桌講到聲嘶力竭，說要向政府請願，為非任教的員工爭取更好的工作條件。他教的是社會學，雖然我們許多教真正的科學的人都認為，研究社會科學的人是空瓶子，手邊有太多時間，寫一大堆根本沒人會讀的書。但是我們對伊肯納的看法不同。我們會原諒他的莽撞，也不會丟掉他的小冊，還相當仰慕他針對議題高談闊論時那種不加修飾的博學多聞。我們可以說是被他的無畏說服。這時他仍是那個身材矮小的男人，青蛙般的雙眼，不過淺色皮膚已經變得黯淡，還滿布著深色的老人斑。過去那段日子裡，有人聽過他的大名，見到他本人時甚至得努力藏起極大的失落感，因為他的言論是這麼精闢入裡，似乎應該出自一名長相體面的人口中。不過，我的同伴也會說，出名的動物不見得會全進去獵人的籃子。

「你還活著？」我問。我真是相當驚訝，我和家人一起在他死去那天見到了他。那是一九六七年七月六日，那天我們匆忙撤出恩蘇卡，天空中的太陽閃耀著奇異的銳利紅色光芒，附近傳來政府軍隊士兵推進時砲擊的轟隆聲響。我們坐在我的雪佛蘭羚羊中，民兵揮手引導我們通過大學校門，大喊著要我們不必擔心，說那些暴徒（我們都這樣稱呼政府士兵）不用幾天就會被打倒，我們就能回來。當地村民跟在車旁走著。他們就是那些戰後會去翻講師的垃圾桶找食物的人。人數有好幾百個，女人頭上頂著箱子、背上揹著小寶寶，光腳的小孩揹著包袱，男人則拖著腳踏車，抱著番薯。我記得伊貝芮安慰著女兒琪可，因為我們匆忙之中忘了帶走她的娃娃。這時，我們看見了伊肯納的綠色Kadett車，他往完全相反的方向開回校園。我按了喇叭、停下車叫喊道：「你不能回去！」但是他揮揮手說：「我得去拿手稿。」又或者他說的是：「我得去拿資料。」我覺得他就這樣回去實在勇敢到愚蠢。因為砲擊的聲音聽起來很近，而且我們的部隊只要一、兩個禮拜就能把暴徒趕回去。可我實在太過自信，認為只要團結在一塊兒就所向無敵，也相信比亞法拉獨立的正當性，所以並未多想，直到聽說恩蘇卡在我們撤退的那天就淪陷、校園也遭到占領。帶來消息的人是埃齊克教授的親戚。他還告訴我們有兩名講師被殺，其中一個在被射殺之前還與政府士兵吵了起來。不用說，我們都知道那就是伊肯納。

伊肯納笑我怎麼問這種問題：「是啊，我還活著！」他似乎覺得自己的回答更好笑，才又笑了出來。而今我想起了，即使是他的笑聲聽起來都有點失色、有些空洞，一點也不像過去那段時日響徹了教職員俱樂部、像要穿透耳膜的洪亮音色。他總是用這種語調揶揄與他意見不合的人。

「可是我們有看到你，」我說：「你記得嗎？我們撤出的那天？」

「記得。」他說。

「他們說你沒出來。」

「我有，」他點點頭。「我出來了，過了一個月，我就離開比亞法拉了。」

「你離開了？」真是了不起，直到今天，我都能感受到那股一閃而逝的深深厭惡。以前聽到那些扯後腿的破壞者幹出的事蹟（我們都叫那些人「背骨仔」），那些人背叛我們的士兵、我們的正義訴求、我們初建起的國家，好交換一條能安全跨過奈及利亞國界的路，得到在封鎖線後的我們無法得到的鹽巴、肉和清水。

「不不不，不是那樣，不是像你想的那樣。」伊肯納遲疑了一下。我注意到他灰襯衫下的肩膀下垂。「我是搭紅十字會的飛機出國的，去了瑞典。」他說話時似乎不甚篤定，有種聽起來很陌生的自信不足，實在很不像那個輕輕鬆鬆就能鼓動人們行動的人。我還記得，比亞法拉宣布獨立建國後他組織了第一次集會，我們所有人簇擁在自由廣場上，伊肯納滔滔不絕，我們則歡呼叫喊。「獨立萬歲！」

「你去了瑞典？」

「對。」

他沒再說什麼。我知道他不會向我透露更多，他不會告訴我他到底是怎麼活著離開校園、如何搭上那班飛機。我知道那場戰爭後來有些孩子透過空運逃到加彭，但絕對沒聽過有人搭紅十字會的飛機離開——而且還那麼早就離開。我們之間的沉默讓氣氛變得緊張。

「你後來就一直待在瑞典嗎？」我問。

「是啊，他們轟炸奧爾魯的時候我全家都在那裡。我沒有家人了，所以也沒有回來的理由。」他停下來，發出一個刺耳的聲響，大概是想笑，但聽起來更像一連串咳嗽。「我和安亞博士保持聯絡好一段時間，他告訴我要重建校園的事，我記得他說你在戰後就離開去美國了。」

其實伊貝芮和我在戰爭結束的一九七〇年就馬上回來了，但是只待了幾天，因這一切實在超過我們所能承受。我們的書本成堆丟在前庭花園的傘樹下，燒成焦灰。浴缸裡一坨坨乾硬的排泄物，旁邊散落著我的《數學年刊》內頁，他們撕下來當廁紙，結塊的汙漬讓人看不清我曾經研究與教學的數學公式。我們的鋼琴——其實是伊貝芮的——也不見了。我的學士袍是我在伊巴丹拿到第一個學位時穿的——那被人用來擦拭過什麼，現在扔在地上，讓螞蟻爬進爬出、忙忙碌碌，毫不在乎我正看著牠們。我們的照片也遭到撕毀，相框都壞了。於是我們離開去了美國，直到一九七六年才回來。我們另外分配到了一間在埃茲維茲街上的新房子，有很長一段時間避免開車經過伊莫克街，因為不想看到以前的房子。後來，我們聽說新搬進去的人把傘樹砍掉了。我把這一切都告訴伊肯納，但是關於我們在柏克萊的日子則隻字不提。我的美國黑人朋友查克·貝爾幫我在那裡安排了教職。伊肯納沉默了一下，說：「你的女兒琪可還好嗎？她長大成女人了吧。」

以前，我們在家庭日帶著琪可到教職員俱樂部時，他總是堅持要買芬達汽水給她。他說，因為她是最漂亮的小孩，而我懷疑其實是因為我們用阿齊基韋總統的小名「齊克」為她命名。伊肯納從一開始就支持阿齊基韋總統，但是後來他認為齊克的行動太溫和，於是離開。

「戰爭帶走了琪可。」我用伊博語講。對我來說，用英文談論死亡總是有種令人不安的塵埃落定感。

伊肯納深深吸氣又呼出，不過只說了「*Ndo*」。除了這句「我很遺憾」之外，再無其他。我很慶幸他沒有問是怎麼發生的，反正也沒有多少形式，而他看起來也並沒有異常驚訝，好像戰爭中的死亡真的都是意外罷了。

「戰爭結束後我們又生了一個孩子，也是女兒。」我說。

但伊肯納急急忙忙開口了。「我盡力了，真的。我離開了國際紅十字會，那裡盡是一群無法為人類挺身而出的懦夫。飛機在瑞典伊凱特被擊落之後，他們就退縮了，一副不知道高恩[7]就是想這樣的樣子。但是普世教會協會不斷從烏里送救援物資進來——而且是在晚上！他們碰頭時我就在瑞典的烏普薩拉，這是第二次世界大戰後這些人進行過規模最大的行動，

7 雅各布・高恩（Yakubu Gowon）在一九六六年至一九七五年間擔任奈及利亞聯邦軍政府的元首，並在比亞法拉共和國宣布獨立後發起內戰，阻止國家分裂。

我負責組織募款，在各個歐洲國家首都之間組織幫助比亞法拉的集會。你聽說過倫敦特拉法加廣場那場大型集會嗎？我就在最前線。我盡力了。」

我不知道伊肯納是不是在對我說話。他似乎不斷對著許多人重複述說這番話。我望向鳳凰木，那些人仍聚在那兒，不過我看不出他們是否已吃完香蕉和花生。或許就是在那個時候，我感到自己陷進朦朦朧朧的追憶中。這種感覺依舊在身邊揮之不去。

「克里斯．歐奇博死了，是不是？」伊肯納問，將我的注意力又拉回來。有那麼一瞬間，我以為他是想要我否認這一點，讓歐奇博也能當個起死回生的鬼魂。但歐奇博確實死了。我們當中的天才、明星，他的詩能感動所有人，就連我們這些研究科學的人，雖不是完全聽懂，依然受他感動。

「是，戰爭帶走了歐奇博。」

「我們失去了一個潛力無窮的巨擘。」

「確實，但至少他還有反抗的勇氣。」我一說出口就後悔了。我這麼說只是想對克里斯．歐奇博致敬。他大可以像我們其他大學教職員一樣在某個委員會工作，卻拿起了槍保衛恩蘇卡。我不希望伊肯納誤解我的意圖，卻不知道自己該不該道歉。道路另一頭捲起一道小小的沙塵暴，松樹葉在我們頭頂隨風搖擺、呼嘯，風一吹動就拍下更遠處樹木上的乾枯樹葉。或許是因為我的不自在，我開始對伊肯納說戰爭結束後那天我和伊貝芮開車回恩蘇卡，談起殘破廢墟的景象、掀開的屋頂、房屋牆壁上裂開一個個大洞。伊貝芮說，看起來更像瑞士起司。我們開到穿越阿古萊里的那條路上時，比亞法拉士兵攔下我們的車，將一名受傷的士兵塞進車裡，他的血滴落在後座，而因為後座的沙發椅上有一道裂口，血就這樣浸透到內裡，和我們汽車最深處交融在一起。我不知道為什麼要選這樣一段故事告訴伊肯納，不過，為了讓故事聽起來值得他花時間，我又說那士兵的血飄著金屬氣味，讓我想起了他，想起伊肯納，因為我總是想像政府士兵對他開槍後就放他等死，任由他的血浸汙土地。可這不是真的。我並沒有想像過這樣的事，那名受傷的士兵也沒有讓我想起伊肯納。如果他心中暗自覺得我的故事很怪，也沒有說出來，只是點點頭說：「我聽過太多故事，太多了。」

「在瑞典的生活如何？」我問。

他聳聳肩。「我去年退休了，決定回來看看。」他說「看看」，感覺好像不只是光用眼睛看。

「你的家人呢？」我問。

「我沒有再婚。」

「喔。」我說。

「你太太還好嗎？恩內娜？對嗎？」伊肯納問。

「伊貝芮。」

「喔對！對嘛，是伊貝芮，長得很漂亮。」

「伊貝芮已經不在了，三年前的事。」我用伊博語說，並很意外看到伊肯納眼裡盈滿淚水。他已經忘了她的名字，但不知怎地仍能哀悼她。又或許，他是在哀悼一段充滿了各種可能性的時光。我這才明白，伊肯納這個男人，身上原本背負著些可能存在的重量。

「我很遺憾，」他說：「非常遺憾。」

「不要緊，」而我說：「她會來訪。」

「什麼？」他問話時的表情很困惑。不過我知道他當然聽見了我的話。

「她會來訪——會來看我。」

「我懂了。」伊肯納說話時的語調平靜，就是那種和瘋子說話的模樣。

「我是說，她也常常去美國，我們的女兒在那裡做醫生。」

「喔這樣啊？」伊肯納的語氣有點太輕快，看起來像是鬆了一口氣。我不怪他，我們都是受過教育的人，都學過要嚴格劃清界線，分辨什麼是真、什麼是假。我也和他一樣，直到伊貝芮第一次來訪。那是在她的葬禮三週後。恩琪努和她的兒子才剛回去美國，只有我一個人。我聽到樓下的房門關了又開、又再關上，沒有多想。夜晚的風總是這樣吹拂。可是，我臥房窗外的樹葉沒有擾動，苦楝樹和腰果樹都沒有發出咻咻聲響，外頭沒有風，樓下的門卻開開關關。回想起來，我應該要很害怕，但我懷疑自己沒有那麼害怕。我聽見樓下有腳步聲，幾乎就像伊貝芮走路的聲音，走到第三步就會比較重。我靜靜躺在黑暗的房間裡，感到有人拉開了我的被單，一雙手溫柔地按摩著我的雙臂、雙腳和胸膛，感到擦上乳液那種安撫性的滑順，接著一股愉悅的嗜睡感攫住了我。每次她來訪，我總無法抗拒那股嗜睡感。她來訪後，我總是這樣醒來，皮膚柔滑且散發著濃濃的妮維雅乳液香味。

我常常想告訴恩琪努，她母親在哈麥丹季節時會每週造訪，而雨季時就比較少來。但要是我說了，她就會有理由來這裡，把我打包來跟她回美國，那我就得過著讓各種便利事物保護著的生活，幾乎像住在無菌室。這樣的生活到處都是我們所謂的「機會」，這樣的生活不適合我。如果我們贏了一九六七年的那場戰爭，不知道會發生什麼事？或許我們就不會放眼海外去尋找那些機會，我也不需要擔心我們的孫子不會說伊博語，而上次孫子來看我的時候，他也不懂為什麼應該要向個陌生人說「午安」。因為在他的世界裡，就算只是簡單的禮儀也要有理由。但誰又說得清？也許就算我們贏了，情況也不會有所不同。

「妳女兒喜歡在美國的生活嗎？」伊肯納問。

「她過得非常好。」

「你說她在當醫生？」

「對。」我覺得自己應該對伊肯納多講一點，又或許是我稍早的評論造成的緊繃尚未平復，於是我說：「她住在康乃狄克州的小鎮上，在羅德島附近。醫院董事會要招募新的醫生，她去的時候，他們只看了一眼她在奈及利亞拿到的醫學院證書，就說不想聘用外國人——但她是在美國出生的，你懂吧。我們是待在柏克萊的時候生她的。戰後到美國去之後，我就在那裡教書，所以他們得留下她。」我笑出聲來，希望伊肯納也會和我一起笑，但他沒有，而是一臉嚴肅地望向鳳凰木下的人。

「啊，是了，至少現在不像我們以前那麼糟了，還記得五〇年代後期在白人地盤上學的感覺嗎？」他問。

我點點頭表示還記得，不過伊肯納和我不可能對海外求學有一樣的經驗。他是牛津大學的學生，我則是少數幾個拿到聯合國黑人學院聯合基金獎學金的學生，才能夠去美國讀書。

「教職員俱樂部和以前完全不同了，如今只是空殼。」伊肯納說：「我今天早上去過那裡。」

「我好久沒去了，即使在我還沒退休時也已經到了某個階段，我覺得自己年紀太老，和那裡格格不入。這些年輕學者都沒什麼用，沒有人在教書，沒有人有新點子，都在搞大學裡的政治、政治、政治、政治。學生的話就用錢或身體來買好成績。」

「這樣啊？」

「是啊，世道淪落，參議院議會早變成個人崇拜的戰爭，真是太糟了，還記得喬瑟法．烏迪納嗎？」

「跳舞跳得很棒。」

我稍微遲疑，因為我已經很久沒有這樣看待喬瑟法這個人。戰爭爆發前的那段日子到目前，他仍是校園舞會上最會跳舞的人。「對，對，他很棒。」我說，慶幸伊肯納的記憶還凍結在那段時光。那時我仍然認為喬瑟法是個正直的人。「喬瑟法擔任校長六年，管理這所學校的方式就像在管理他父親的雞舍，錢會消失，接著我們就看到新車上貼著根本不存在的外國基金會名稱，有些人告上法院，但沒有結果。他是個獨裁者，可決定誰能升職、誰的發展會停滯不前。簡單來說，那人的作風就像一人大學委員會，而現任校長也忠實追隨他的腳步。我從退休至今就沒拿到退休金，你知道嗎？我才剛從會計室過來。」

「那為什麼都沒有人為此做些什麼？為什麼？」伊肯納問，在那極為短暫的一瞬間，他又是原本那個伊肯納了。那個聲音、那股憤怒，我又再次想起他是個多麼強悍的男人。或許，他會走過去捶附近的樹一拳。

「這個嘛，」我聳聳肩。「很多講師都會改掉自己官方登記的出生日期，他們會去找人事處賄賂某人再加上五年，沒人想要退休。」

「這樣不對，完全不對。」

「全國各地都是這樣，真的，不只這裡。」我慢慢往兩邊擺頭。我的族人已完全掌握談論這種事情的技巧，就像在說，可惜啊，這樣的狀況是無可避免。

「對，不管在哪裡，標準都在降低。我才剛從報紙上讀到假藥的事。」伊肯納說，我馬上就想著這還真是個好用的巧合，他居然提起了假藥。最近肆虐我們國家的災難就是販賣過期藥品，而如果伊貝芮不是就那樣死去，或許我只會覺得這是對話中正常的話題轉換……但我疑心不是。或許伊肯納聽說了伊貝芮躺在醫院裡越來越虛弱，她的醫生是如何滿心困惑，不明白為何她的用藥沒有讓她好轉，我又是如何煩惱。而等到我們發現那些藥都沒有效果時，已經太晚。或許伊肯納想要讓我談談這一切，讓我表現得更瘋狂。反正，他已窺見我的一絲瘋狂。

「假藥很糟。」我語氣很嚴肅，並決定不再多說。不過我或許錯估了伊肯納的盤算，因為他並未繼續談論這個話題。他又看了鳳凰木下的人們一眼，問我：「那你這些日子裡都在做什麼？」他一副好奇，似乎真想知道我在這裡過著什麼樣的生活，一個人這樣在大學校園中，而這座校園如今只是披著往日榮光的枯萎外皮，等著一份永遠領不到的退休金。我微笑著說，我在休息，退休的人不都是這樣嗎？伊博語裡形容退休，不就是「老年人休息」嗎？

有時候，我會順路去拜訪老朋友馬杜威教授，我會散步穿過自由廣場那片褪色的場地，那兒周邊都種了芒果樹，又或者沿著伊克賈尼大道走。摩托車會從我身邊疾衝而過，學生跨坐在路旁休息，為了避開路上的坑洞，他們總會彼此挨得太靠近。雨季時，我只要發現雨水剛剛在土地上沖刷出來的新溪壑，就會感到一股強烈的成就感。我會讀報紙、吃得很好，幫傭哈里森一週會來五天，他做的南非葉燉湯無人能及。我常常和女兒通話，電話每隔一個禮拜就會不通，這時我就匆匆趕到奈及利亞電信公司，塞錢給人把電話修好。我會從積滿灰塵、堆滿雜物的書房裡挖出陳年老舊的筆記本。我會大口呼吸，深深吸入從伊傑瑞教授家飄到我家來的苦楝氣味，這種味道據說有什麼療效，只是我已不確定究竟可治療什麼。我不上教堂。自從伊貝芮第一次來看我後，我就不再去了，因為我不再有疑慮。畢竟我們就是對死後的世界一無所知才會求助宗教，因此星期天我會坐在陽臺上，看著禿鷲停在我家屋頂，想像牠們困惑地往下望。

「這樣的生活好嗎？爸爸？」恩琪努最近在電話上突然這樣問，帶著那種微妙而有點惱人的美國口音。不是好或不好，我告訴她，這就只是我的生活，重點就在這裡。

又捲起一道沙塵，我們兩人都眨了眨，想保護雙眼。於是我問伊肯納要不要隨我一起回我家，這樣就可以坐下來好好聊聊。但他說他正要去埃努古，我問他晚點要不要來的時候，他的雙手稍微做了個動作，似乎表示同意。不過我知道他不會來了，我再也不會見到他。我看著他走遠，這個男人就像一顆乾萎的堅果，開車回家的一路上，我都在想著我們可能擁有的生活，以及確實擁有的生活。在戰前那段美好時光，我們所有人都會去教職員俱樂部。我開得很慢，因為路上騎摩托車的人完全不管交通規則，而且我的視力也不如往常。

上週，我倒車把賓士開出車庫時稍微刮到了，所以停車入庫時非常小心。這輛車已經開了二十三年，仍然跑得很順。我還記得車子從德國運回來時恩琪努有多興奮。這是我去德國領科學學會獎時買的，是當時最新的型號。我並不知道這件事，不過恩琪努的年輕朋友都知道，他們都過來盯著車速表看，問我能不能讓他們摸摸儀表板的鑲板。當然，如今人人都開賓士，他們從貝南的柯多努買二手車，也許會少了後視鏡或車前大燈。伊貝芮以前會笑他們，說我們的車雖老舊，但比起那些人不繫安全帶就開著到處跑的破車——伊博語將之戲稱為土土車（tuke-tuke）——我們的車好太多了。她仍維持著幽默感。有時，她來訪時會搔搔我的睪丸，手指輕輕爬過。她很清楚我的前列腺用藥已讓下面沒戲唱了，這麼做只是為了戲弄我，發出她略帶譏諷的笑聲。在她的葬禮上，我們的孫子念了自己寫的詩〈繼續笑吧，外婆〉，我覺得這個標題很完美，而孩童天真的字句讓我幾乎要流下眼淚。只是，我懷疑大部分都是恩琪努寫的。

我走進家門時看了看庭院四周，哈里森會做一點園藝工作，大部分就是在這個季節澆水。玫瑰叢只剩枝葉，不過至少耐寒的灌木櫻桃是鬱鬱蔥蔥。我打開電視，螢幕上還是一片雜訊，歐塔布博士的兒子，這個聰明的年輕人，正在攻讀電子工程學，他上禮拜過來把電視修好，不過只維持了幾天。上回下了一場大雷雨後我的衛星頻道就消失了，但我還沒到衛星電視辦公室去找人來檢查。反正幾個禮拜不看BBC和CNN對一個人的影響不大，奈及利亞國家電視臺（NTA）的節目也很好。幾天前，就是NTA播出了一段訪談，受訪者又是一個被控進口假藥的人，這次是傷寒藥。「我的藥並不會害死人，」他說得很誠懇，面對鏡頭睜大了眼睛，似乎在懇求觀眾。「只是，這些藥無法治好疾病。」我關掉電視，因為實在無法忍受繼續看著這男人肥厚的嘴唇。但是我並沒有生氣，若是伊貝芮不來看我，我大概會更生氣。我只希望他不會被放出來，又跑到中國、印度或一些讓他們能進口過期藥品的地方。這些藥不會真的害死人，卻讓疾病一定能殺死人。

不知道為什麼，戰爭後過了這麼多年，為什麼我們從來沒想過伊肯納．歐可洛沒有死？沒錯，我們確實有時會聽說一些故事。有些被認定死亡的人在一九七〇年一月後幾個月、甚至幾年後又走進他們家中，我只能想像家屬撒在逝者的那把沙土，懸浮在不願相信和希望之間。但是我們幾乎不談戰爭，如果談起，也總是帶著一種無法平靜的模糊感，就好像重要的不是我們在空襲期間蜷縮在泥濘的防空洞裡，而此前埋葬的焦屍皮膚上還露出一點粉紅的血肉。重要的也不是我們吃過木薯皮，還要看著孩子的肚子因營養不良而脹大。重要的是我們活下來了。這是我們所有人刻意為之的默契，因為我們都是比亞法拉的倖存者。伊貝芮和我曾經為了第一個孩子的名字要不要取名琪可爭執了好幾個月，就算是我們，也很快就同意把第二個孩子取名為恩琪努卡，意即未來的一切會更好。

現在，我坐在我的書房裡。我曾在這裡批改學生的報告，幫忙恩琪努完成中學數學作業。扶手椅的皮革已然破損，書架上的粉色油漆也開始剝落。電話就放在書桌上，下方墊著一本厚厚的電話簿，或許電話會響，恩琪努會對我說些孫子的事，例如他今天在學校表現得多棒。那總會讓我微笑。雖然我認為美國的老師不夠細心，也太容易就給出優等成績。若電話短時間內還不響，我就會洗個澡上床睡覺，在臥房沉寂的黑暗中注意聽房門開開關關的聲音。

上週週一

自從上週週一，卡瑪拉開始會站在鏡子前，身體從一側轉到另一側，認真看著自己突起的小腹，想像肚皮就像一本書的封面那樣平整。接著，她會閉上眼，想像崔西用沾染顏料的手指撫摸這裡。她沖了水後，就站在廁所鏡子前這麼做。

她走出廁所時，喬許就站在門邊。他是崔西的七歲兒子，和他媽媽一樣長著濃密而平整的眉毛，就像眼睛上方畫了兩條直線。

「尿尿還是便便？」他裝出幼兒的聲音問。

「尿尿。」她走進廚房，光線透過灰色百葉窗照入，在流理臺上映著一條條陰影，他們一整個下午都在這裡，為喬許的朗讀馬拉松比賽做準備。「你把菠菜汁喝完了嗎？」她問。

「喝完了。」他觀察著她的反應。他知道，他一定知道，每次把那杯綠色蔬菜汁交給他之後，她都會去上廁所，就是要讓他有機會把蔬菜汁倒掉。從喬許第一天喝菠菜汁就這樣，他嘗了一口，臉就皺在一起說：「噁，我不喜歡。」

「你爸爸說每天晚餐前都要喝，」卡瑪拉說。「只有半杯，倒掉也只要一分鐘。」她補充說完後就轉身進廁所，就這樣，等她出來後杯子已經空了，就像現在，就這麼放在水槽旁邊。

「我幫你煮晚餐，這樣的話，等你爸爸回來就一切就緒，準備好去聽明贊尼玩具店，好不好？」她說。「『一切就緒』這種美國人的說法她講起來還是有點拗口，但她會為了喬許說的。

「好。」他說。

「你的抓飯想配魚排還是雞肉？」

「雞肉。」

她打開冰箱，上層堆滿了塑膠罐，裝著要榨成汁的有機菠菜。兩週前，這個空間裝滿了一罐罐藥草茶，那時尼爾在讀《給孩子的草本飲料》（*Herbal Drinks for Children*），在這之前則是豆漿，更早以前是有助骨頭生長的蛋白質奶昔。菠菜汁很快也會消失的，卡瑪拉很清楚，因為她這個下午過來時，第一件注意到的就是流理臺上那本《蔬菜榨汁全指南》（*A Complete Guide to Juicing Vegetables*）早不見了，尼爾一定是在週末時收進了抽屜。

卡瑪拉拿出一袋有機雞柳條。「喬許，不如你去躺一下、看個電影吧？」她說。他喜歡坐在廚房看她煮飯，但他看起來好累，其他四名朗讀馬拉松的決賽參賽者大概也和他一樣累，不停捲著舌頭吐出又長又陌生的單字，嘴巴一定很痠痛。想到明天就要比賽，身體也一定很緊繃。

卡瑪拉看著喬許放了一片淘氣小兵兵的ＤＶＤ，躺在沙發上。這個瘦小的孩子一身橄欖色肌膚，外加一頭雜亂的鬈髮。在家鄉奈及利亞，他們會稱呼像他這樣的孩子「混血」。一聽到這個詞就讓人感覺很酷，想到淺色肌膚的漂亮長相，還能出國去拜訪白人祖父母。卡瑪拉一直很討厭混血兒那種得意的姿態，但在美國，「混血」是不好的形容詞。她在《費城城市報》上看到保母工作的廣告，便打電話詢問，這是她第一次知道這個差異。而這份工作薪資優渥、交通便利、不須有車。尼爾知道她是奈及利亞人時，聽起來很意外。

「妳的英文說得很好啊。」他說，而她聽了就感到惱怒。那種驚訝，像是認為英文應該是他的個人財產。因為如此，雖然托比奇警告過她不要提起自己的教育程度，她還是告訴尼爾自己有碩士學位，最近才到美國來找丈夫，在等待綠卡申請的處理期間，想靠保母工作賺點錢，等有了綠卡就能拿到正式的工作許可。

「這樣啊，我需要有人可以一直做到喬許學校的學期結束。」尼爾說。

「沒問題。」卡瑪拉馬上說。她實在不該說自己有碩士學位。

「或許妳可以教喬許一種奈及利亞語？他已經在上法文課，每個禮拜有兩天放學後會去，也有去貝絲希勒猶太會堂上進階課程，他們針對四歲兒童舉行入學考試。這孩子很安靜、非常貼心、很乖，但我很擔心學校或家附近都沒有像他這樣的跨種族孩子。」

「跨種族？」卡瑪拉問。

尼爾輕咳了一聲。「我太太是非裔美國人，我則是猶太白人。」

「喔，他是混血。」

電話那頭安靜了一下才聽到尼爾出聲。那音調低沉了些。「請不要那樣說。」

他的語調令卡瑪拉說出「抱歉」，但是她不太確定自己為什麼要道歉。此外，那個語氣也讓她確定自己丟掉了這個工作機會，因此後來尼爾居然給她地址，還問她是否隔天能碰面，她很驚訝。他很高，下巴很長，說話時語調柔順，幾乎可說令人感到安心。她猜想，這大概是因他身為律師的緣故。他在廚房與她面試，靠在中島詢問她的推薦信，以及在奈及利亞的生活，說他們撫養喬許的方式是要讓他了解自己的猶太與非裔美國背景。於此同時，他不斷撫平貼在電話上的銀色貼紙，貼紙上寫著拒絕槍枝。卡瑪拉很好奇孩子的母親在哪兒，或許尼爾殺了她把屍體塞在後車廂？卡瑪拉過去幾個月來都在看電視轉播的法庭節目，認知到這些美國人有多瘋。但是她越是聽尼爾講話，就越肯定他連一隻螞蟻都不會殺。她感到他身上有一種脆弱集合一身的焦慮。他告訴她，他很擔心喬許會因為和學校裡其他小孩不同而掙扎度日，擔心喬許會不開心，擔心喬許不能常常見到他，擔心喬許是獨子，擔心喬許再長大一點會有童年陰影，擔心喬許會憂鬱……聽到一半的時候，卡瑪拉就想要打斷他，問：「為什麼您要擔心還沒發生的事？」不過她沒有，因為她還不確定自己是否錄取。當他確實錄取她後（工作時間從放學後到六點三十，每小時十二美金，以現金支付），她還是什麼也沒說。因為看起來他需要的一切、他迫切需要的——就是她的認真聆聽。而要聆聽並不困難。

尼爾說他的管教方式是以講理為主，絕對不會打喬許，因為他不相信用虐待來管教會有用。「只要讓喬許了解為什麼某個特定行為不對，他就不會做了。」尼爾說。

打罵就是管教，卡瑪拉很想這麼說，而虐待是完全不一樣的事。虐待是她聽到新聞裡那些美國人會做的事：他們會在自己小孩的皮膚上捻熄香菸。但是，她說了托比奇要她說的話。「我對打罵也是一樣的觀念，而且我一定只使用您認可的管教方式。」

「喬許的飲食很健康，」尼爾繼續說。「我們幾乎不吃高果糖玉米糖漿、白麵粉或反式脂肪，我會全部幫妳寫下來。」

「好。」她其實不太清楚他剛剛講的那些是什麼。

離開之前，她問：「他的母親呢？」

「崔西是藝術家，她大多時間都待在地下室，有一件大案子在進行，是委託案，有截稿時間……」他的音量漸漸減弱。

「喔。」卡瑪拉一臉困惑看著他，不知道他所說的話當中，是不是有什麼非常美國的東西是她應該要了解，或有什麼能解釋為什麼男孩的母親沒來參與她的面試。

「目前喬許不能到地下室去，所以妳也不能下去。如果有任何問題，就打電話給我，我把電話貼在冰箱上。崔西要到晚上才會上來，每天會有外送員送湯和三明治給她，她在下頭還滿能自給自足的。」尼爾暫停一下。「不管是什麼原因，妳必須保證不會去打擾她。」

「我來這裡不是要打擾任何人。」卡瑪拉說話的口氣有些冷淡，因為他對她說話的樣子，突然變得像奈及利亞的人對自家女傭說話的態度。她不該讓托比奇說服她接下這件無趣的工作，竟來幫陌生人的小孩擦屁股。她實在不應該聽信他的話，說什麼這些住在主線區的有錢白人錢多到不知道該怎麼花。她走到火車站的一路上都在安撫著自己受傷的自尊，但只不過是這麼短的時間，她也知道自己其實根本不需要誰的說服。她想要這份工作，什麼都好，她想要一個理由能讓她每天離開公寓。

時間已經過了三個月，做喬許的保母已三個月。她傾聽尼爾的擔憂、執行尼爾因擔憂而給出的指示、對尼爾產生一種同情感——也已三個月。這三個月都沒有見到崔西。一開始，卡瑪拉對這個女人很好奇。這個女人在客廳壁架上的婚禮照片中留著長辮子、光著腳，皮膚的顏色就像花生醬，卡瑪拉很好奇崔西會不會、或會在什麼時候離開地下室。有時候她會聽到從底下傳來聲音，可能是一扇門啪地關上，或隱約傳來古典樂聲。她很好奇崔西到底有沒有看過她的小孩。她想要讓喬許談談自己的媽媽時，他說：「媽咪的工作非常忙，如果我們去吵她，她會很生氣。」而因為他很小心沒有露出太明顯的表情，她便退縮了，不再多問。她會幫著他寫作業，和他一起玩牌、一起看DVD，對他說她小時候會抓蟋蟀來玩，沉浸在他認真聽她說話的那種喜悅中。崔西的存在變得無關緊要，只是個存在於背景的事實，就像卡瑪拉打電話給她在奈及利亞的媽媽時，電話中總是嗡嗡作響……直到上週週一。

那天，喬許在廁所裡，卡瑪拉則坐在廚房桌前檢查他的功課。這時她聽見背後傳來聲音。她轉過身，以為那是喬許，但崔西出現了。她穿著曲線畢露的緊身褲和緊身毛衣，微笑對她眨眨眼，沾著顏料的手指撥開臉上的長辮子。那一刻很怪，她們相互凝視，卡瑪拉突然很想減肥，持續化妝習慣。和妳一樣是個女人，她有的妳也有？如果卡瑪拉對她朋友琴薇說這件事，她一定會這樣說。*Tufia*（老天爺喔！）這是什麼蠢事啊！自從上週週一，卡瑪拉也一直這樣對自己說，不過她不再吃炸大蕉了，還到南街上那家塞內加爾人開的美容院把頭髮綁成辮子，開始在美妝用品店裡一整堆睫毛膏之中挑來挑去。即使如此，她依舊對自己說這樣好蠢。可是對自己說那些話改變不了什麼，因為那天下午在廚房裡發生的事情就像一朵金碧輝煌的希望之花盛開，因為如今，她的人生動力就是想著崔西會再次上樓來。

卡瑪拉把雞柳放進烤爐。如果尼爾那天不能準時回家，她就要幫喬許煮晚餐，他會多加三塊美金給她。她覺得很有趣，怎麼「煮晚餐」會變成這樣？聽起來像是什麼困難的任務，不過就是一連串乾淨俐落的動作：打開盒子、袋子，把東西放進烤爐和微波爐。尼爾真該看看她在老家用過的煤油爐，還會升起陣陣濃煙。烤爐嗶嗶叫了，她把雞柳擺放在喬許盤子中央一小堆米飯旁邊。

「喬許，」她喊著。「晚餐準備好了，你想要優格冰淇淋當甜點嗎？」

「要。」喬許咧開嘴笑了，她覺得他嘴唇的弧度就和崔西的一模一樣。她的腳趾頭踢到了中島櫃的邊緣。自從上週週一，她就老是撞到東西。

「妳還好嗎？」喬許問。

她揉揉腳趾頭。「我沒事。」

「等等，卡瑪拉，」喬許跪到地上親吻她的腳。「好了，這樣就不會痛了。」她低頭看著他小小的頭在她面前低下，頭髮同樣是那整理不了的鬈髮，讓她好想緊緊抱著他。「謝謝你，喬許。」

電話響了，她知道是尼爾打來的。

「喂，卡瑪拉，一切都還好嗎？」

「一切都很好。」

「喬許怎麼樣？他擔心明天嗎？他緊張嗎？」

「他很好，我們才剛練習完。」

「太好了，」電話那頭停了一下。「我可以很快地和他說句話嗎？」

「他在廁所裡。」卡瑪拉降低音量，看著喬許關掉客廳裡的ＤＶＤ播放機。

「好吧，我很快就到家了，我剛剛真的是把最後一位客戶推出辦公室。我們總算能夠讓她丈夫同意庭外和解，她留的時間真是越來越長了。」他笑了一聲。

「好的。」卡瑪拉正想掛掉電話，才發現尼爾還在線上。

「卡瑪拉？」

「是？」

「我有點擔心明天，妳知道的，我其實不太確定這類比賽對他這年紀的孩子是否健康。」

卡瑪拉打開水龍頭，沖掉最後一點點深綠色汁液。「他沒問題的。」

「希望去聽明贊尼玩具店能夠讓他暫時不去想比賽。」

「他沒問題的。」卡瑪拉又說了一次。

「妳想一起去聽明贊尼嗎？我之後可以順道載妳回家。」

卡瑪拉說她比較想回家。她不知道自己為什麼要說謊，竟說喬許在廁所。這句話完全不費力就這麼順口說出來了。以前她會和尼爾聊天，可能還會隨他們一起去聽明贊尼，但是她已經不想再和尼爾保持那種互動良好的關係了。

她還拿著話筒，裡頭開始傳來吵雜的訊號聲。她摸了摸貼在話機上的貼紙，上頭寫著**保**

護我們的天使，那是尼爾最近才換上的。前一天，他慌慌張張打電話給她，因為他剛在網路上看到一張兒童猥褻犯的照片。這個人最近搬到他們住家附近，長相看起來就和ＵＰＳ快遞的送貨員一模一樣。喬許在哪裡？喬許在哪裡？尼爾問，難道喬許除了在家還會去別的地方嗎？卡瑪拉掛上電話，心裡很可憐他。她開始慢慢了解，在美國，身為家長就等同在各種焦慮之間拔河，而這都是食物太多的緣故：肚子飽足讓美國人有時間煩惱自己的小孩可能患了某種他們剛讀到的罕見疾病，讓他們覺得自己有權利保護自己的小孩，使他們不致失望、不致匱乏、不致失敗。肚子飽足讓美國人能夠奢侈地稱讚自己是好家長，一副照顧自己的小孩是多麼難得的事，而不是本就該做的事。卡瑪拉以前覺得很有趣，看著電視談話節目上的女人談她們有多愛自己的小孩、她們為孩子犧牲多少。如今這卻讓她惱火，如今她的月經還是堅持每個月都來，她厭惡起那些做著漂亮指甲的女人，她們不費力氣就懷孕，嘴邊掛著像是「健康管教」這種天真的詞彙。

她放下電話，扯了一下那張黑色貼紙，想看看有多容易撕下。尼爾在面試她的時候，**拒絕槍枝**那張貼紙是銀色的。這是她告訴托比奇的第一件事。她看著尼爾一次又一次想把貼紙壓平，心中感到多奇怪，好像什麼宗教儀式。但是托比奇對貼紙沒有興趣，他只問她關於房子的事，那都是她不可能知道的細節——是殖民地風格嗎？有幾年了？同時他的雙眼閃耀著波光粼粼的夢想。「有一天我們也會住在那樣的房子裡，而且還要在阿德莫爾，或在主線區另外找個地方。」他說。

她沒說什麼，因為他們住在哪裡對她而言並不重要，重要的是他們變成了什麼樣子。

他們在恩蘇卡的大學裡認識，兩人都是最後一年。他念工程學，她則是化學。他很安靜、愛看書、有點矮小，就是那種家長會說擁有「光明前程」的男孩。但是，他吸引她的地方是他看著她的眼神，那雙眼充滿讚嘆，那是一雙會讓她喜歡自己的眼睛。一個月後，她搬進了他在男生宿舍的房間，就在校園裡兩排種了樹的道路上。他們去哪裡都在一起，連搭計程車、機車都一起，卡瑪拉就坐在托比奇和機車騎士之間，他們會一起在牆壁溼滑的浴室裡用水桶洗澡，一起在屋外用他的小爐子煮東西，而他的朋友開始叫他「女友奴」時，他會微笑，一副他們不知道自己錯過了什麼的模樣。他們都服完國家青年役[8]後不久，便舉行了婚禮，會這麼急著結婚是因為托比奇有個做牧師的叔叔，他主動提起，說他們要去美國進行福音宣教差會的研討會，他可以把托比奇的名字加進去，幫他拿到美國簽證。他們都知道去了美國就要努力打拚，只要準備好努力工作，就能成功。托比奇會去美國找份工作，工作兩年

8 奈及利亞規定所有不滿三十歲的大學畢業生都要服一年國家青年役，內容多是跟國家建設有關，這些年輕人會被派往與自己背景不同的族群與社經階層地區服務，目的是促進國家的團結與族群融合。

後拿到綠卡，再接她過去。但是兩年過去又四年，她在埃努古的中學教書，攻讀在職進修的碩士學位，參加朋友小孩的受洗禮，而托比奇則在費城開計程車，老闆是奈及利亞人，他會占所有司機的便宜，因為他們都沒有移民文件。又過一年，就算托比奇想多寄一點錢回來，也沒辦法了，因為大部分的錢都拿去做他所謂的「處理文件」。她的阿姨姑姑說的悄悄話也越來越大聲：那孩子在等什麼？如果他不能照顧好自己再來接他老婆，也該讓我們知道。女人的青春稍縱即逝啊！他們講電話時，她能聽見他聲音中的緊繃，她會安慰他、渴望著他，在獨自一人時哭泣，終於等到那天到來：托比奇打電話來，說他的綠卡就躺在面前的桌上，而那卡片根本不是綠色。

卡瑪拉會一直記得自己剛到費城機場時空氣中那種經過空調的遲滯感。她手裡還抓著護照，停留在簽證的那一頁稍微折到，上面寫著擔保人的名字：托比奇。她從入境大廳出來時就看到了他，膚色淺了點，有些福態，開心笑著。六年了，他們緊緊相擁。在車上，他告訴她他處理文件時是以單身申請，所以他們要在美國再結婚一次，接著他就會申請她的綠卡。他們進到公寓時他脫掉了鞋子，她看著他的腳趾頭，踏在廚房地板牛奶顏色的油地氈上，看來很黑，也注意到腳趾頭上長出毛髮。她不記得他的腳趾頭上有沒有毛。她盯著滔滔不絕的他，伊博語中參雜著英文，聽起來有種彆腳的美國口音：「*Amah go*（我會去）。」他在電話裡講話時不是這樣，又或者他是這樣，只是她一直沒注意到？會不會只是因為看到他變得不一樣？她想要看到的是大學時的托比奇？他不斷挖掘過往回憶，侃侃而談，愉悅地沉浸其中：妳還記得有一次晚上我們淋著雨去買香料烤肉嗎？她記得，她記得那天下著滂沱的大雷雨，電燈一閃一滅，他們吃著泡了水的烤肉配生洋蔥，刺得眼睛淚水汪汪。她還記得他們隔天早上醒來，嘴裡都是濃濃的洋蔥味。她也還記得他們的關係曾經充滿著一種毫不費力的輕鬆自在。而今，他們的沉默中淨是尷尬。但是她告訴自己事情會好轉，畢竟他們已經分開很長一段時間。在床上，除了兩人肌膚如橡皮般相互摩擦，她什麼也感覺不到，而她清楚記得過去他們之間是什麼模樣。他是沉默、溫柔而堅硬的，她則吶喊、緊抓、翻轉。現在，她懷疑這個人到底是不是同一個托比奇，這個人似乎如此飢渴、如此激動，而最令人擔心的是，這個人開始用那種虛假的口音說話，讓她想甩他巴掌。我想操妳，我要操妳。第一週，他帶她四處遊覽費城，他們在老城區來來去去，走到她筋疲力盡，他讓她坐在長椅上休息，等他去幫她買瓶水。他朝著她走回來時，穿著那一身有些鬆垮的牛仔褲和T恤，橘黃色的陽光從他身後灑落。有一刻，她以為這是她完全不認識的某個人。他的新工作是在漢堡王當店經理，回家時總會帶點禮物：最新一期的《*Essence*》雜誌[9]、從非洲商店買的馬汀納啤酒和巧

9 Essence雜誌的目標讀者是十八歲至四十九歲的非裔美國女性，討論時尚風格、兩性關係和美妝保養。

克力棒。他們到法院去交換誓言的那天，面前站著一個看起來很不耐煩的女人，他一邊打領帶一邊開心地吹著口哨，她看著他的眼神則滿懷某種絕望的悲傷，多麼希望自己也能感受到他的喜悅，那是她想要握在手掌心的心情，卻就是不在了。

他去上班時，她會在公寓裡走來走去，看電視，冰箱有什麼就吃什麼，就連吃完麵包後也會多吃好幾匙果醬。她的衣服腰部和腋下處都很緊繃，於是她開始披著寬鬆的阿巴達蠟染長袍，穿過手臂、打個結固定，就這樣四處走動。她終於到美國和托比奇團聚了，終於和她的好男人在一起，而這種感受卻沒帶來任何起伏，她覺得自己只有和琴薇才能真正的聊天。琴薇這個朋友從來沒有和她說這樣等托比奇很蠢，而如果她對琴薇說她不喜歡她的床，到了早上卻又不想起來，琴薇也會理解她這樣的困惑。

她打電話給琴薇，琴薇說了第一聲哈囉和 *kedu* 就開始哭。另一個女人懷了琴薇丈夫的孩子，而他準備下聘娶那女的——因為琴薇生了兩個女兒，而那個女人的家族生了很多兒子。卡瑪拉試著安撫琴薇，氣她的丈夫如此沒擔當，最後完全沒說到她的新生活就掛了電話。她實在無法抱怨自己沒鞋穿，畢竟，和她講話的人連雙腳都沒有。

與她母親講電話時，她說一切都很好。「我們很快就會聽到小腳丫跑來跑去囉。」她母親說，然後她回答：「*Ise*，希望如此！」表示她也贊同這樣的祝福，而她確實是：她習慣於托比奇壓在她身上時閉上眼睛，希望自己能夠懷孕。因為，就算這樣無法讓她擺脫絕望，至少會讓她擁有一件能夠關心的事。托比奇拿了避孕藥給她，因為他希望能夠過個一年兩人生活，補上彼此的人生進度、享受彼此的陪伴。不過她每天都把一顆藥沖進馬桶，想著他怎麼會看不到她的身邊每一天都籠罩著一層灰色，沒察覺到那些悄悄溜進他們之間的艱難。但是上週週一，他注意到了她的改變。

「小卡，妳今天神采飛揚呢。」那天晚上他抱她時這樣說。他說她神采飛揚時聽起來很開心，她既是興奮，又感愧疚，因為她不能與他分享這件事，因為她這樣突然間重燃信念其實與他一點關係也沒有。她不能告訴他崔西是怎麼上樓、來到廚房、她又有多麼驚訝。因為她已不再去猜想她是個什麼樣的母親。

「嗨，卡瑪拉。」崔西走近她時，說：「我是崔西。」她的聲音很低沉，充滿女人味的身體擺動，毛衣和雙手上都沾著顏料。

「喔，哈囉，」卡瑪拉微笑著說：「很高興終於見到妳了，崔西。」

卡瑪拉伸出手，但崔西站近一些，抬起她的下巴。「妳有戴過牙套嗎？」

「牙套？」

「對。」

「沒有，沒有。」

「妳的牙齒非常漂亮。」

崔西的手還停留在她下巴，輕輕抬起她的頭，而卡瑪拉是第一次覺得自己就像備受寵愛的小女孩，又像個新娘。她又彎起嘴角，對自己的身體產生強烈自覺，感受到崔西的眼光，感受她們之間的距離太近了……如此之近。

「妳有沒有當過藝術家的模特兒？」崔西問。

「沒有……沒有。」

喬許走進廚房、衝向崔西，臉都亮了起來。「媽咪！」崔西抱著他、親親他、撥亂他的頭髮。「媽咪，妳的工作做完了嗎？」他緊握住她的手。

「還沒有，寶貝。」她似乎對廚房很熟，卡瑪拉還以為她會不知道玻璃杯放在哪裡，或如何操作濾水器。「我卡住了，所以就想不如上樓來待一下。」她把喬許的頭髮整理好，轉身面對卡瑪拉。「卡在我喉嚨裡，妳懂嗎？」

「懂。」卡瑪拉說，但其實她不懂。崔西直直看著她的眼睛，那眼神讓卡瑪拉感覺舌頭彷彿腫脹起來。

「尼爾說妳有碩士學位。」崔西說。

「是。」

「真是太厲害了。我討厭大學，當時都等不及要畢業了！」她笑了，卡瑪拉笑了，喬許也笑了。崔西翻了翻桌上的信件，拿起一個信封撕開，又放回去，卡瑪拉和喬許靜靜看著她，然後她轉過身。「好了，我想我最好回去工作了，晚點見囉。」

「不如妳讓喬許看看妳正在忙的作品？」卡瑪拉問，因為她一想到崔西要離開，就覺得捨不得。

崔西聽到這個建議似乎猶豫了一會兒，接著低頭看著喬許。「想要看看嗎？小子？」

「好啊！」

地下室裡有一幅寬大的畫作靠在牆上。

「好漂亮，」喬許說：「對不對，卡瑪拉？」

在她看來，這幅畫就像把鮮豔的顏料隨機噴甩在畫布上。「對，非常好看。」她更好奇的其實是這個地下室。崔西基本上算是住在這裡，她注視著鬆垮的沙發、隨意擺放的桌子，以及染上咖啡汙漬的馬克杯。崔西搔喬許的癢，喬許咯咯笑，然後她轉身對她說：「抱歉，這裡實在一團亂。」

「不會，沒關係。」她想主動幫崔西清掃，只要能讓她留在這裡，什麼事都好。

「尼爾說妳才剛搬到美國？我很想聽聽奈及利亞的事，我幾年前去過迦納。」

「喔，」卡瑪拉縮起小腹。「妳喜歡迦納嗎？」

「非常喜歡，母國的土地是我所有作品的靈感來源。」崔西仍在搔喬許的癢，雙眼卻一直停留在卡瑪拉身上。「妳是約魯巴人嗎？」

「不是，我是伊博族。」

「妳的名字是什麼意思？我念得對嗎？卡—瑪拉？」

「對，這個名字是從 Kamarachizuoroanyi 縮短來的，意思是『願上帝的恩典於我們足矣』。」

「好美，像音樂一樣。卡瑪拉、卡瑪拉、卡瑪拉。」

卡瑪拉想像崔西又說了一次，這一次是在她耳邊低語：卡瑪拉、卡瑪拉、卡瑪拉，她一邊說，兩人的身體會一起隨著這個名字的樂聲搖擺。

喬許手裡拿著畫筆跑來跑去，崔西則追在他身後，兩人接近卡瑪拉身邊，崔西停了下來。「卡瑪拉，妳喜歡這份工作嗎？」

「喜歡，」卡瑪拉覺得意外。「喬許很乖。」

崔西點點頭，她伸出手，又輕輕碰觸卡瑪拉的臉，雙眼在鹵素燈的光線下閃閃發亮。

「妳願意為我脫衣服嗎？」她問話的口氣輕柔，就像呼吸，卡瑪拉不太確定自己有沒有聽清楚。「我想畫妳，但是看起來不會太像妳。」

卡瑪拉知道她應該要呼吸，卻沒辦法。「喔，我不知道。」她說。

「考慮看看。」她說，轉身對喬許說她得繼續工作了。

「喬許，該喝你的菠菜汁了。」卡瑪拉說話的音量有點太大，她上樓，希望自己能說些更大膽的話。她希望崔西能夠再上樓。

．．．

尼爾才剛開始讓喬許能吃一點巧克力碎片，因為有一本新書聲稱他用的無糖甜味劑會致癌，所以喬許正在吃他的甜點：有機優格冰淇淋撒上巧克力碎片，這時車庫門打開。尼爾穿著一套俐落的黑西裝，把皮革公事包放在廚房中島櫃上，向卡瑪拉打招呼，再彎腰看著喬許。「哈囉，小子！」

「嗨，爹地。」喬許親親他，尼爾則親親他的脖子，讓他發笑。

「你和卡瑪拉的朗讀練習還好嗎？」

「很好。」

「你會緊張嗎，小子？你一定會表現得很棒的，我賭你一定會贏。但是就算你沒有贏也沒關係，因為爹地還是覺得你贏了。你準備好要去聽明贊尼了嗎？應該會很好玩，第一站就先去起司球大桶！」

「好了。」喬許把盤子推到一邊，開始在書包裡翻找。

「我晚一點再看你的功課。」尼爾說。

「我找不到我的鞋帶，我拿到遊樂場去玩了。」喬許從書包裡拿出一張紙，鞋帶上結著泥巴塊，纏在那張紙上，然後他拉開鞋帶。「喔，你看！爹地，你還記得我們班上一起做的特別家庭安息日卡片嗎？」

「就是這張嗎？」

「對！」喬許拿起這張用蠟筆畫的紙，一下擺這邊、一下擺那邊。他的雙手長得很快，與同齡小孩的骨架不同。那上面寫著卡瑪拉，很高興我們是一家人，安息日平安。

「我上禮拜五忘記拿給妳了，卡瑪拉，所以得等到明天才能給妳，好嗎？」喬許一臉嚴肅地說。

「沒問題，喬許。」卡瑪拉說。她把他的餐盤用水沖一下才放進洗碗機。

尼爾拿走喬許手上的卡片。「這個嘛，喬許，」他說話時又把卡片還給喬許。「你送這張卡片給卡瑪拉真的很貼心，但是卡瑪拉是你的保母、是你的朋友，而這是給家人的。」

「莉亞老師說可以啊。」

尼爾看著卡瑪拉，似乎是需要有人支持一下他的說法。但卡瑪拉撇過頭去，專心打開洗碗機。

「爹地，我們可以走了嗎？」喬許問。

「當然。」

他們出門之前，卡瑪拉說：「喬許，祝你明天好運。」

他們開著尼爾的捷豹汽車離開，卡瑪拉看著他們，雙腳蠢蠢欲動，想要走下樓，敲敲崔西的門，問她需不需要什麼。咖啡、一杯水、三明治——或是她。在廁所裡，她拍拍自己剛編好的頭髮，用唇蜜和睫毛膏補了補妝，開始走下通往地下室的樓梯。她數度停下腳步回頭，但最後她衝下樓去敲門，敲了一次又一次。

崔西打開門。「我以為妳離開了。」她說，表情有點冷淡。她穿著一件褪色的T恤，顏料在牛仔褲上留下一道道痕跡，而她的眉毛又粗又直，看起來很像假的。

「沒有。」卡瑪拉覺得很尷尬。為什麼妳從上週週一之後就沒上樓來了？為什麼看到我妳的眼睛沒有亮起來？「尼爾和喬許剛剛去聽明贊尼了，我希望喬許明天的比賽順利。」

「嗯。」卡瑪拉不禁憂心她的舉止帶了點被惹惱的不耐煩。

「我相信喬許會贏的。」卡瑪拉說。

「大概會吧。」

崔西似乎在後退，好像就要把門關上。

「妳需要什麼嗎？」卡瑪拉問。

慢慢地，崔西揚起微笑，她現在走上前了，更靠近卡瑪拉。太靠近了，她的臉正對著卡瑪拉的臉。「妳願意為我脫衣服。」她說。

「對。」卡瑪拉一直在縮小腹，崔西說：「很好，但不是今天，今天不適合。」便消失在房間門後。

隔天下午，卡瑪拉甚至還沒看到喬許就知道他沒有贏。他坐在一盤餅乾前面，喝著一杯牛奶，尼爾則站在他身邊。一個漂亮的金髮女子穿著不合身的牛仔褲，看著喬許貼在冰箱上的照片。

「嗨，卡瑪拉，我們才剛回來，」尼爾說：「喬許表現超棒，實在應該要贏的，他絕對是最努力的孩子。」

卡瑪拉撥亂喬許的頭髮。「哈囉，小喬許。」

「嗨，卡瑪拉。」喬許邊說邊塞了一片餅乾到嘴裡。

「這位是瑪倫，」尼爾說：「她是喬許的法文老師。」

女子向卡瑪拉問好，兩人握了握手，她走進客廳。那條牛仔褲在她胯間卡得很緊，女子臉頰兩邊刷著太紅的腮紅，一點也不像卡瑪拉想像中法文老師該有的模樣。

「朗讀馬拉松占用了他們的上課時間，所以，我想或許可以在這裡上課，瑪倫人也很好，也願意這麼做。這樣可以嗎？卡瑪拉？」尼爾問。

「當然。」突然間，她又喜歡尼爾了。她喜歡百葉窗將陽光切割成一條條，排列在廚房；她喜歡那個法文老師在這兒，因為這樣一來，等法文課開始，她就可以下樓去問崔西，現在脫掉她的衣服適不適合？她穿了新的平口胸罩。

「我很擔心，」尼爾說：「為了安慰他我可能讓他吃了太多糖。他已經吃了兩根棒棒糖，而且我們途中還去了三一冰淇淋。」尼爾說話的聲調很輕，不過喬許還是聽得到。尼爾曾經告訴她，他捐書給喬許在貝斯希來猶太會堂的幼兒園，那些書講述的是衣索比亞猶太人，插圖上畫的人膚色都像燒焦的泥土。但是喬許說老師從來沒有在班上念這些書。說起這件事時，他也一樣用這種沒必要的輕聲低語。卡瑪拉還記得，只要她說「喬許沒問題的」，尼爾就會滿懷感激地握著她的手，好像他只需要有人對他說那句話就行。

現在卡瑪拉則說：「他會想開的。」

尼爾慢慢點了點頭。「我不知道。」

她伸出手，捏捏尼爾的手，覺得自己滿懷著慷慨之心。

「謝謝，卡瑪拉。」尼爾停頓一下。「我得走了，今天會比較晚回來，妳可以做晚餐嗎？」

「當然可以。」卡瑪拉又露出微笑，或許喬許吃晚餐的時候她會有時間再下去地下室，或許崔西會要她留下，然後她會打電話給托比奇，告訴他有件緊急的事，得留下過夜照顧喬許。

通往地下室的門打開，卡瑪拉好興奮，太陽穴因此隱隱跳動。而當崔西穿著緊身褲和沾了顏料的T恤現身，那股跳動更為明顯。她對喬許又抱又親。「嘿，你是我的第一名，小子，我最特別的第一名。」

卡瑪拉很高興崔西沒有親吻尼爾，只是對彼此道了聲「你好呀」，感覺有如兄妹。

「嗨，卡瑪拉。」崔西說。卡瑪拉告訴自己，崔西之所以看起來很平常、看到她並沒有特別高興，是因為她不想讓尼爾知道。

崔西打開冰箱，拿了一顆蘋果，嘆口氣說：「我完全卡住了，超卡。」

「會沒問題的。」尼爾喃喃地說，提高音量，讓在客廳的瑪倫也能聽見。「妳還沒見過瑪倫吧？」

尼爾介紹她們認識，瑪倫伸出手，崔西握住。

「妳有戴隱形眼鏡嗎？」崔西問。

「隱形眼鏡？沒有。」

「妳的雙眼很不尋常，是紫色的。」崔西仍然握著瑪倫的手。

「喔，謝謝。」瑪倫緊張地笑了。

「像紫羅蘭一樣。」

「喔……對，我想是的。」

「妳有當過藝術家的模特兒嗎？」

「喔……沒有……」更多的笑聲。

「妳應該考慮一下。」崔西說。

她拿起蘋果，挪到嘴邊，慢慢咬了一口，目光一直沒有飄離瑪倫的臉龐。尼爾看著她們，臉上掛著縱容的微笑，卡瑪拉則撇過頭。她坐在喬許身邊，從他的盤子裡拿了一片餅乾。

跳跳猴山丘

小木屋的屋頂都覆著茅草，在木板門邊用油漆手繪上如狒狒屋、豪豬居等名稱，門口鋪的是鵝卵石小徑，屋內的窗戶敞開，這麼一來，訪客就能聽著微風吹拂過藍花楹樹葉的擾動，與海浪拍打著岸邊的靜心律動，徐徐醒來。柳條托盤上放置各種上等茶葉，早晨時分，行事謹慎的黑人女傭會整理床鋪、清洗造型優雅的浴缸、給地毯吸塵，在手作花瓶裡放上野外摘來的鮮花。烏姜娃覺得在這裡舉辦非洲作家工作坊很怪。這裡是位於開普敦郊區的跳跳猴山丘，這名字本身就很矛盾，而整座度假村更充斥著一種物資充足的洋洋得意。她對這種地方的想像是：那些有錢的遊客會跑來跑去，拍下蜥蜴的照片，回家後卻渾然無覺南非的黑人其實比彩虹鬣蜥還多。後來她會知道，是愛德華．坎貝爾選了這家度假村，多年前，他在開普敦大學講課時曾來這裡度週末。

但是當時的她還不知道這些。那天下午，上了年紀的愛德華戴著一頂遮陽帽，微笑時露出兩顆顏色像發霉的門牙，來機場接她。他親吻她的雙頰，詢問她在拉各斯領取預付費用的機票時有沒有什麼問題，問她介不介意一起等烏干達人，因為他的飛機就快到了。他還問她餓不餓。他告訴她，他的妻子依莎貝已經接走了大部分參加工作坊的人，而他們的朋友賽蒙和赫麥妮也一起從倫敦過來，受聘為工作人員，已在度假村裡安排了歡迎午宴。他和烏姜娃在入境大廳的長椅上坐下，他把寫著烏干達人名字的牌子擱在肩膀上放好，對她說一年當中的這個時候開普敦有多潮溼、他對這次工作坊的安排有多麼滿意。他說每個字時都拉長了音，帶著那種英國人所謂「高尚」的口音。有些有錢的奈及利亞人會想模仿這種口音，卻不經意顯得荒謬。烏姜娃想著，不知道他是不是選她參加工作坊的人，大概不是吧，是英國文化協會發出申請通知，再選出最佳人選。

愛德華挪動了一下，坐得離她更近一些，問她在奈及利亞的家鄉做什麼工作，烏姜娃假裝打了個大呵欠，希望他不要再講話。可他又問了一次，問她是不是向公司請了假，好來參加工作坊。他雙眼熱切盯著她，看起來從六十五歲到九十歲都有可能，她沒辦法從他的臉面猜出年紀。他長得好看，但不太有個樣子，就好像上帝在創造他時把他直直甩到了牆上，再把臉上的五官抹亂。她淡淡微笑著，說她離開拉各斯前就丟了原本在銀行的工作，所以沒有必要請假。她又打了個呵欠，他似乎很想再多知道一些，而她卻不想再多說。所以，當她抬起頭看見那個烏干達人向他們走來，感覺鬆了一口氣。

烏干達人看起來很想睡覺，他年紀是三十出頭。臉方正、膚色深，頭髮沒有梳開，而是綁成奇怪的球。他伸出雙手握住愛德華的手，鞠躬問好，再轉身喃喃對烏姜娃說了句哈囉。他坐在雷諾汽車的前座。到度假村要開很長一段路，道路隨意鑿成了陡峭的山丘，烏姜娃擔心愛德華年紀太大，不該開得這麼快。她一直屏著呼吸，終於等到抵達這一整排茅草屋和精心排列的小徑，一名笑吟吟的金髮女人帶著她到她的小屋：斑馬窩。房裡有一張四柱大床，床單聞起來有薰衣草香。烏姜娃在床上坐了一會兒，便起身打開行李，不時望向窗外茂密的樹林間有沒有躲藏著猴子。

不幸的是，一隻也沒有。稍後愛德華會這麼對參加者說。他們坐在露臺的粉紅陽傘下吃午餐，桌子都挪到了欄杆邊，這樣就能看到下方碧綠的海水。他指著每個人一一介紹，白皮膚的南非女人來自德班，而黑皮膚的則來自約翰尼斯堡，坦尚尼亞人來自阿魯沙，烏干達人來自恩德培，辛巴威女人來自布拉瓦約，肯亞人來自奈洛比，而年紀最小的塞內加爾女人只有二十三歲，是從巴黎飛過來的。她在那裡上大學。

愛德華最後才介紹烏姜娃。「烏姜娃．歐岡杜是我們來自奈及利亞的參加者，住在拉各斯。」烏姜娃環顧桌前眾人，想著自己可以和誰交朋友。塞內加爾女人是最有希望的，她雙眼中閃耀著不羈的光芒，口音中帶著法語腔調，而粗大的髮辮中夾著一絲絲銀光。辛巴威女人的髮辮更長、更細，辮子上綁著貝殼，她一左右擺動頭部，辮子就隨著發出聲響。她似乎比較亢奮，反應過於激動。烏姜娃覺得自己可能會喜歡她，不過就像她喜歡酒精那樣——一點點就好。肯亞人和坦尚尼亞人看起來很普通，幾乎讓人無法分辨。他們都是額頭寬闊的高大男人，蓄著一點鬍鬚，穿著短袖花襯衫。她覺得自己會喜歡他們，因為人們不必花費什麼力氣就能喜歡上不具威脅性的人。她對來自南非的那兩個較沒把握：白皮膚女人臉上的表情太過熱切，看來一點幽默感也沒有，也完全沒化妝。而黑人看起來盡力保持著和善感，就像會逐門拜訪的耶和華見證人，露出微笑，等著每扇門當著他的面關上。至於那個烏干達人……烏姜娃從機場開始就不喜歡他，現在就更不喜歡。因為他對愛德華的問題總給出逢迎諂媚的答案，他會傾身只對愛德華說話，無視其他參加者，而其他人自然也不太與他交談。他們都知道他獲得了上一屆立頓非洲作家大獎，得到一筆一萬五千英鎊的獎金。他們客氣地互相談論飛來的旅程時，並沒有找他一起。

他們先是享用了香料奶油醬燉雞，又喝了裝在光滑玻璃瓶中的氣泡水，接著愛德華站起來發表歡迎致詞。他一邊說話，一邊眨眼，微風吹拂著他稀疏的頭髮，也帶來海洋的氣味。他先是說了他們已經知道的事：這場工作坊為期兩週，這是他的主意，但當然多虧了張伯倫藝術基金會的慷慨贊助，就好比說立頓非洲作家大獎也是他的主意，再由基金會的善心人士贊助。他們都該要寫出一篇能夠發表在《講演》雜誌的故事。小屋裡都提供了筆記型電腦，他們要在第一週寫作，並在第二週互相評論各個參加者的作品，由烏干達人帶領工作坊。他開始講自己的事，說這四十年來非洲文學一直是他的使命，從在牛津求學開始，他便將此做為終身職志。他經常望向烏干達人，而烏干達人也會渴切點頭，表示他接收到每次的目光。最後，愛德華介紹了他的妻子依莎貝，不過大家當然都見過她了。他告訴大家她是動物權利運動人士，而且青少年時期都住在波札那，所以對非洲十分熟悉。她站起身來時，他看起來很驕傲，她高眺而纖瘦的優雅體態似乎彌補了他外表上的不足。她的髮色有點紅，修剪成俐落的短髮，襯托著她的臉。她說話的時候撥了撥頭髮。「愛德華，好了吧，何必介紹我呢。」但是烏姜娃覺得依莎貝希望他介紹她，或許甚至還提醒愛德華要講。聽著，親愛的，記得午餐時要好好介紹我，她會很謹慎地說。

隔天吃早餐時，依莎貝坐在烏姜娃旁邊，就是用這樣的口氣說：長著這麼優雅的骨架，烏姜娃肯定是出身奈及利亞的王室貴族吧。而烏姜娃心中出現的第一個念頭是想問依莎貝，妳面對家鄉倫敦的朋友時，需不需要用有貴族血統來解釋他們的俊美長相呢？但她並沒有問出口，而是說（因為她實在忍不住）她確實是個公主，出身一支古老的家族血統，有一名先祖在十七世紀時抓到了個葡萄牙商人，把他當寵物一樣豢養起來，全身塗油關在王室牢籠裡。她停下來啜飲一口蔓越莓汁，對著杯子微笑。依莎貝開心地說，她總是能看出誰有貴族血統，希望烏姜娃能夠資助她的反盜獵宣傳活動。因為這件事實在太糟糕、太糟糕了。人類居然殺死了這麼多瀕危的猩猩，而且根本不是因為想吃牠們，別管那些人說什麼享用野味的鬼話，他們只是想取得猩猩的生殖器，拿來當幸運符。

吃過早餐後，烏姜娃打電話給媽媽，對她說度假村、依莎貝的事，很高興聽到媽媽咯咯笑。她掛掉電話，坐在她的筆電前，想著媽媽有多久沒有真正笑過。她坐了很久，把滑鼠移來移去，考慮著是要幫角色取一個常見的名字，例如齊歐瑪，或者比較特殊的名字，例如依芭莉。

齊歐瑪和母親一起住在拉各斯，擁有恩蘇卡大學的經濟學學位，最近才剛服完國家青年役，每週四都會買一份《衛報》瀏覽徵才版，用棕色牛皮紙信封寄出自己的履歷。好幾週毫無回音。終於，她接到一通電話，找她去面試。那個男人先是問了幾個問題，接著便說會雇用她，且走到桌子這一頭站在她身後，伸出手越過她肩頭，捏她的胸部，憤怒的話語從她齒間擠出：「臭男人！你連自重都做不到！」她離開。接下來又是好幾週毫無音訊。她在母親的精品店幫忙，又寄出更多信封。在下一次面試中，這個女人說著齊歐瑪聽過最虛假、最愚蠢的口音，說她想要雇用在國外求學過的人，齊歐瑪離開時幾乎要大笑出聲。又是好幾週毫無音訊。齊歐瑪已經好幾個月沒見到父親了，不過她決定去拜訪他在維多利亞島的新辦公室，問問他能不能幫她找份工作。他們的會面氣氛很緊張。「既然這樣，妳怎麼沒早點來呢？啊？」他問著，假裝生氣，因為她知道裝出生氣的模樣他會比較輕鬆。傷害了人之後，裝出對人生氣的模樣比較輕鬆。他打了幾通電話，塞給她一捲薄薄的兩百奈拉紙鈔。他沒有問起她的母親。她注意到他桌上放著那個黃皮女人的照片。她母親曾經仔細描述過這個人：「她皮膚很好，看起來像是混血，重點是，她其實不算漂亮，她的臉看起來就像熟過頭的黃泡泡果。」

跳跳猴山丘大宴會廳裡低懸著吊燈，低到烏姜娃只要伸出手就能碰到。長長餐桌上鋪著白色桌巾，愛德華坐在一頭，依莎貝則坐在另一頭，參加者則坐在中間。服務生四處走動，將菜單遞給他們，腳步重踩在硬木地板上，發出響亮的聲音。鴕鳥肉排、燻鮭魚、橙醬雞肉。愛德華鼓吹大家點鴕鳥肉，他怪腔怪調地說真是非（ㄈㄟˊ）──常好吃。烏姜娃不喜歡吃鴕鳥這件事，甚至不知道有人吃鴕鳥，而她這麼說之後，愛德華溫柔地笑著，說，當然了，鴕鳥可是非洲名產。其他人都點了鴕鳥，烏姜娃點的雞肉上桌時感覺柑橘味道太重，她想著自己是不是也該點鴕鳥就好？反正看起來就像牛肉。她人生中從來沒有喝過這麼多酒，兩杯紅酒下肚，她覺得全身軟綿綿，與塞內加爾人聊起了照顧自然黑髮的最佳方法：要用不含矽靈的產品，用很多乳木果油，只有在頭髮溼潤時才梳頭。她不經意聽到愛德華談論酒的片段：夏多內白酒實在無趣極了。

之後，所有參加者都聚在涼亭裡，除了那個烏干達人。他和愛德華與依莎貝坐到其他地方了。他們揮手拍打飛來飛去的蟲子，喝酒、大笑、開彼此的玩笑：你們肯亞人太聽話了！你們奈及利亞人太好戰了！你們坦尚尼亞人完全不懂時尚！你們塞內加爾人完全被法國人洗腦！他們談論著蘇丹的戰爭、非洲作家書系出版的衰落，討論著書和作家，他們都同意丹布佐．馬瑞切拉[10]很棒，艾倫．帕頓[11]只是在裝模作樣，而伊莎．丹尼森[12]則是不可原諒。肯亞人刻意改用常聽到的歐洲口音，一邊大口吸菸一邊背誦伊莎．丹尼森對肯亞基庫尤族孩童的描述，說他們到了九歲就會變得心智遲緩。他們都笑了。辛巴威人說阿契貝[13]很無聊，寫作時都不管風格，肯亞人則說這樣評論太褻瀆，伸手想搶走辛巴威人的酒杯，最後她收回評論，笑著說阿契貝當然非常傑出。塞內加爾人說巴黎的索邦大學有個教授告訴她，康拉德[14]其實是站在她這邊的，她聽了都快吐出來，好像她自己不能判斷誰是站在她這邊。烏姜娃開始跳上跳下，嘴巴吞吐著不知所云的話語，模仿康拉德筆下的非洲人。她覺得酒精讓她腦子輕飄飄，這樣很棒。辛巴威人走路跌跌撞撞，掉進了水池，嘩啦嘩啦地爬出來，髮辮都溼了，說她覺得有幾條魚鑽進去。肯亞人說他要把這寫進他的故事，高級度假村水池裡的魚，因為他真的不知道自己要寫什麼。塞內加爾人說她的故事其實就是她的故事，講的是她如何哀悼死去的女友，而這股哀傷給予她勇氣對父母出櫃，只是他們現在把她身為同性戀當成一個無傷大雅的玩笑，仍然不時提起些適合她的年輕人家族。黑皮膚的南非人聽到「同性戀」一詞時看起來很緊張，他站起來走開。肯亞人說黑皮膚的南非人讓他想起自己的父親，他上的教堂屬於聖靈復興派，他不會和街上的人說話，因為他們沒有得救。辛巴威人、坦尚尼亞人、白皮膚的南非人和塞內加爾人都聊起了自己的父親。

他們看著烏姜娃，她發現自己是唯一沒發言的人，而酒精突然不再讓她腦袋一片混沌。

10 丹布佐・馬瑞切拉（Dambudzo Marechera，1952–1987）是辛巴威作家，創作包括劇本、散文及詩歌等，是當代非洲文學新一波的代表人物。

11 艾倫・帕頓（Alan Paton，1903–1988）是南非作家，同時也大力反對種族隔離。

12 伊莎・丹尼森（Isak Dinesen，1885–1962）的本名是凱倫・白列森（Karen Blixen），是一名丹麥作家，她曾隨丈夫移居肯亞，後來這段人生經歷被翻拍成電影《遠離非洲》（*Out of Africa*）。

13 指的是奈及利亞作家奇努瓦・阿契貝（Chinua Achebe，1930–2013）。

14 指的是英國小說家約瑟夫・康拉德（Joseph Conrad，1857–1924），他的代表作品《黑暗之心》（*Heart of Darkness*）雖然名列經典作品，但長久以來也有種族歧視的爭議。

她聳聳肩，喃喃地說她的父親實在沒什麼好講，就是個普通人。「他參與了妳的人生嗎？」塞內加爾人問，那輕柔的語調表示她認為沒有，而烏姜娃第一次覺得她的法語口音很討厭。「他參與了我的人生，」烏姜娃的聲音冷靜中帶著一股力量。「我小時候都是他買書給我，他也會讀我以前寫的詩和故事。」她停了下來，大家仍看著她，於是她又說：「他做了某件讓我很意外的事，也傷害了我，但我主要是覺得意外。」塞內加爾人看起來好像還想繼續追問，但改變了心意，問她還要不要喝酒。「妳寫的是妳的父親嗎？」肯亞人問，而烏姜娃斷然回答**不是**，因為她從來就不相信虛構寫作有療癒的作用。坦尚尼亞人告訴她，不管什麼人說了什麼，所有虛構故事都是一種治療，是某種治療。

那天晚上，烏姜娃想要寫作，但她的眼球彷彿泡在水裡游泳、頭痛欲裂，於是她上床睡覺。吃完早餐後，她在筆電前坐下，捧著一杯茶。

齊歐瑪接到商業信託銀行的電話，這是她父親聯絡過的其中一個地方，他認識董事會主席。她懷抱著希望，她認識在銀行工作的每一個人都開著漂亮的二手福斯Jetta車，住在葛巴達的漂亮公寓。負責面試她的是副經理，深色皮膚，長得很好看，眼鏡的鏡框上刻著精緻的設計師標誌，而他在對她說話時她迫切地希望他會注意到自己。他並沒有。他說他們希望雇用她做行銷工作，也就是說要出去招攬新客戶，她會和茵卡一起工作，只要在試用期間可以帶來一千萬奈拉的業績，一定可以得到永久職位。他在說話時她不時點頭，她已習慣了男人的注目，有點不高興他並沒有用男人看女人的眼光看她，而她也不太明白他說要出去招攬新客戶是什麼意思，直到兩週後她開始工作才懂。一名穿著制服的司機開著有空調的公司吉普車載她和茵卡出門，她伸手撫過光滑的皮革座椅，不太想下車。車子開到了伊科伊的某位穆斯林哈吉住家，這位哈吉就像個親切的叔伯，露出大大的笑容，雙手用力揮動，發出宏亮笑聲。茵卡之前已來拜訪過他幾次，他抱了抱她，說了些什麼逗得她大笑。他看著齊歐瑪。「這一個太好了。」他說。一名管家送上幾杯冰鎮過的查普曼飲料，哈吉對茵卡說話，但不時望向齊歐瑪，然後他叫茵卡靠近一點，向他解釋高利率的儲蓄帳戶，又叫她坐在他腿上，問說她覺得他能抱得動她嗎？茵卡說他當然很強壯，並坐到他腿上，露出平靜的微笑。茵卡的身材嬌小玲瓏，讓齊歐瑪想起那個黃皮女人。

齊歐瑪對那個黃皮女人的一切所知都來自母親的敘述。某個無聊而遲滯的下午，黃皮女人走進了母親位在愛登妮蘭歐古桑雅街上的精品店。她母親知道那個黃皮女人是誰，知道她和丈夫的關係已經維持一年，知道他為黃皮女人買了一輛本田雅哥汽車和位在伊魯培尤的公寓。但真正讓母親抓狂的是這般侮辱：黃皮女人到她的精品店來挑選鞋子，打算用那些其實屬於她丈夫的錢付帳。於是，母親從黃皮女人背後拉扯著她長長的編接髮，尖聲喊著：「搶人丈夫的！」銷售小姐也加入戰局，對黃皮女人又是甩巴掌又是毆打，打到她逃回自己車上。齊歐瑪的父親聽說了這件事後對母親大聲咆哮，說她的樣子就和那些街上的瘋女人一樣，丟盡了他的臉面、她自己的尊嚴，也羞辱了一個無辜女子，然後他就離開了那個家。齊歐瑪服完國家青年役後回到家，發現父親的衣櫃空了，愛洛荷阿姨、蘿絲阿姨和烏切阿姨都過來對她母親說：「我們準備好了，要和妳一起去求他回家裡，不然我們就去幫妳求他。」齊歐瑪的母親說：「休想，這輩子都不可能，我不要去求他，不要再說了。」芳米阿姨來了，說那個黃皮女人給他下了藥，而她認識一個厲害的巴巴拉沃[15]，可以幫他解開。齊歐瑪的母親說：「不，我不要去。」她的精品店生意衰退，因為以前齊歐瑪的父親都會幫她從杜拜進口鞋子，於是她降低價格，在《歡樂》和《城市人物》等雜誌刊登廣告，開始進在阿巴生產的鞋子。那天早上，齊歐瑪坐在哈吉的接待廳裡時就穿著一雙那樣的鞋子，她看著茵卡安身在那雙肥碩的大腿上，談論著商業信託銀行儲蓄帳戶的好處。

…

一開始，烏姜娃努力不去在意愛德華常常盯著她的身體。他的眼睛不是看著她的臉，總是更低一點。工作坊的日常已習慣在八點用早餐，一點用午餐，六點在大晚宴廳用晚餐。到了第六天，天氣炎熱，愛德華把要評論的第一篇故事印出來發給大家。這是辛巴威人的故事。參加者都坐在露臺上，愛德華發完故事後，烏姜娃發現陽傘下的位置都已坐滿。

「我不介意坐在太陽下，」她邊說邊站起身來。「要我讓位子給你嗎？愛德華？」

「我比較想要妳為我躺下。」他說。那一刻的空氣很潮溼、很凝重，遠方傳來一聲鳥啼，愛德華咧嘴一笑。只有烏干達人和坦尚尼亞人聽見他的話，烏干達人笑了，烏姜娃也笑了，因為仔細想一想就會覺得這句話很好笑、很巧妙，她這樣告訴自己。吃完午餐後，她和辛巴威人一起散散步，當她們停下來在海邊撿貝殼，烏姜娃想告訴她愛德華說了什麼，但是辛巴威人似乎心不在焉，不如往常那樣健談，她大概在擔心自己的故事吧。烏姜娃那天晚上讀了她的故事，覺得寫作得太過浮誇，但是她喜歡這個故事，在頁面空白處寫下讚美和謹慎的建議。這故事感覺很熟悉，又很有趣。主角是一位辛巴威首都哈拉雷中學教師，他的五旬節派牧師說他和他的妻子生不出孩子，除非他們能夠找到那個綁住他妻子子宮的女巫，要她認罪，而他們相信他們的隔壁鄰居就是女巫，因此每天早上大聲祈禱，把呼喊聖靈的口號像丟炸彈一樣丟到籬笆另一頭。

15　約魯巴族信仰中有如祭司般的角色。

隔天，辛巴威人讀了自己故事中的一段，餐桌上陷入一片短暫的安靜，烏干達人開口說文筆中有強大的能量，白皮膚的南非人也熱切點頭。肯亞人不同意，他認為有些句子太過刻意表現文采，讀起來一點也不合理，接著他讀了一句這樣的句子。坦尚尼亞人說，故事應該要當成一個整體來讀，而不是拆解成部分。沒錯，肯亞人同意，但是每個部分都該合理，才能組成一個合理的整體。最後愛德華說話了，寫作的文筆自然是很有企圖心，但是故事本身卻讓人想問：「所以呢？」考慮到此時辛巴威在可怕的穆加比[16]統治下發生的一切，這篇故事有一種非常過時的感覺。烏姜娃盯著愛德華，他說「過時」是什麼意思？這麼真實的故事怎麼會過時呢？但是她沒有問愛德華是什麼意思，辛巴威人就只能把她的髮辮從臉上撥開，貝殼鏗鏘作響。其他人都保持沉默。很快的，他們都開始打呵欠，互道晚安走回自己的小屋。

隔天他們都沒有談起前一晚的事，而是說著炒蛋有多鬆軟、晚上藍花楹樹葉貼著窗戶擾動感覺多麼詭異。吃完晚餐後，塞內加爾人念出自己的故事，那天晚上風很大，於是他們關上門，阻絕樹林間呼嘯的聲音。愛德華的菸斗中飄出陣陣煙霧，瀰漫在整個房間。塞內加爾人念了兩段描寫喪禮的情節，不時停下來喝點水，隨著她的情緒起伏變大，口音也越來越重，每個t聽起來都像z。她念完之後，每個人都看著愛德華，連烏干達人也一樣，他似乎忘記了自己才是帶領工作坊的人。愛德華若有所思地咬著菸斗，說這類同性戀的故事其實沒辦法讓人想到非洲。

「哪個非洲？」烏姜娃忍不住問出口。

黑皮膚的南非人在他椅子上扭了扭，愛德華繼續咬著菸斗，看著烏姜娃，就像看著一個不肯乖乖坐在教堂裡的小孩，說他不是以一個在牛津受教育的非洲學家的身分在說話，而是因為他很關心真正的非洲，而不是在非洲場域上強加西方的概念。辛巴威人、坦尚尼亞人和白皮膚的南非人在愛德華說話時開始搖頭。

「或許現在確實已進入西元二〇〇〇年後的時代，但一個人要對家人說自己是同性戀，有多非洲呢？」愛德華問。

塞內加爾人突然爆出一串讓人聽不懂的法文，滔滔不絕講了一分鐘之後說：「我是塞內加爾人！我是塞內加爾人！」愛德華同樣以流暢的法文回答，又用英文說話，配上溫柔的微笑。「我想她喝太多紅酒了，那波爾多紅酒真棒。」幾個參加者輕輕笑出聲。

烏姜娃是第一個離開的。快走到小屋時，她聽到有人叫她，於是停下腳步。是那個肯亞人，辛巴威人和白皮膚的南非人也和他一起。「一起去酒吧喝一杯。」肯亞人說。她納悶著塞內加爾人去哪兒了。在酒吧裡，她喝了一杯酒，聽著他們討論跳跳猴山丘的其他住客用什麼懷疑的眼神看著這些參加者，其他住客都是白人。肯亞人說，前天他從游泳池畔的小徑走回來，路上遇到一對年輕夫妻，看到他一走近就停下、退後。白皮膚的南非人說，也有人用懷疑的眼光看著她，或許是因為她只穿非洲部落印花布織成的長袍。烏姜娃坐在那裡，盯

16 羅伯・穆加比（Robert Mugabe，1924–2019）是辛巴威共和國第二任總統，是極具爭議性的政治人物。

著外頭黑漆漆的夜晚，聽著身邊因酒精而柔和起來的談話聲，覺得胃裡深處爆出一股自我厭惡。她不應該在愛德華說「我比較想要妳為我躺下」時笑的，那並不好笑，一點也不好笑。她覺得討厭，討厭他臉上的笑容，討厭笑容中露出的發綠牙齒，討厭他總是盯著她的胸部，而不是她的臉。她討厭他的眼睛打量她的全身，然而她卻讓自己笑得像是頭發狂的鬣狗。她放下自己喝到一半的酒，說：「愛德華老是看著我的身體。」肯亞人、白皮膚的南非人和辛巴威人都瞪著她，烏姜娃又說了一次：「愛德華老是看著我的身體。」肯亞人說，這從第一天就很明顯了，那個男人會壓上乾癟癟的太太的身軀，希望那是烏姜娃；辛巴威人說愛德華看著烏姜娃時眼神總是色迷迷；白皮膚的南非人說愛德華絕對不會這樣看一個白皮膚的女人，因為他對烏姜娃的感覺是一種不帶尊重的喜愛。

「你們都注意到了？」烏姜娃問他們。「你們都注意到了？」她有一種遭到背叛的奇怪感受，於是站起身走回小屋。她打電話給她的媽媽，但冰冷的語音訊息一直說著，「您撥打的號碼現在無法回應，請稍後再撥。」所以她掛斷了。她無法寫作，躺在床上保持清醒很長一段時間，等到她終於睡著，已然天亮。

那天晚上，坦尚尼亞人念了一段他的故事，描寫在剛果發生的殺戮事件，從一個完全沉溺於暴力的民兵角度切入。愛德華說這篇故事可以當成《講演》雜誌的主打，主題迫切而引人共鳴，會帶來新聞性。烏姜娃覺得讀起來活像是《經濟學人》雜誌上的文章，旁邊還畫著卡通人物，但是她沒有說出口。她回到自己的小屋，雖然覺得胃痛，依舊打開了筆電。

齊歐瑪坐著，注視好整以暇坐在哈吉大腿上的茵卡，覺得自己像在演一齣戲。她在中學時寫過劇本，某次學校的校慶班上就演出過一次，戲劇結束後，觀眾都站起來鼓掌叫好，校長說：「齊歐瑪是我們的明日之星！」她的父親在那裡，坐在母親旁邊，拍手微笑。但是當她說她進大學想主修文學，他則告訴她那不能當飯吃。他是這樣說的：「當飯吃。」他說她得主修別的，反正閒暇時間還是可以寫作。哈吉伸出一根手指輕輕劃過茵卡的手臂，說：「但妳知道的，沙瓦納聯邦銀行上禮拜也派人來拜訪我。」茵卡仍然微笑著，齊歐瑪想知道她的臉頰會不會痛。她想起床底下那個鐵盒裡放的故事，她的父親都讀過了，有時還會在頁面空白處寫下：太棒了！老套！很好！看不懂！是他買小說給她，母親覺得看小說是浪費時間，認為齊歐瑪只要讀教科書就好。

茵卡說：「齊歐瑪！」於是她抬頭看，哈吉正在對她講話，似乎在害羞，雙眼不敢直視著她。他對她的態度帶著試探，這是他面對茵卡時不會展現的。「我是說妳太漂亮了，怎麼還沒有什麼大人物來娶妳呢？」齊歐瑪微微一笑、沒有說話。哈吉說：「我答應和商業信託做生意，但是妳要當負責我的聯絡窗口。」齊歐瑪不太確定該說什麼。

「當然好，」茵卡說。「她會當您的窗口，我們會好好照顧您。啊，謝謝您，先生！」

哈吉站起來說：「來、來，我上次去倫敦時買了一些很棒的香水，讓我拿一點來給妳們帶回去。」他開始往屋裡走，轉身說：「來，過來，妳們兩個。」茵卡跟了過去，齊歐瑪站起身，哈吉又轉身面向她，等著她跟上。但她沒有跟上。她轉身往門口走去，打開門走進耀眼的陽光中，經過那輛吉普車時，司機坐在裡頭，車門敞開，他正聽著廣播。「小姐？小姐？出什麼事了嗎？」他叫喊著，而她沒有回答。她一直走、一直走，經過了高聳的大門，走到街道上，她坐進一輛計程車回到辦公室，清空了她幾乎空無一物的辦公桌。

烏姜娃聽著海浪的拍打聲醒來，胃裡有一股緊張的糾結感。她今晚不想念她的故事，也不想去吃早餐，但她還是去了，掛著淡淡的微笑向眾人淡淡道了早安。她坐在肯亞人旁邊，他傾身對她低聲說，愛德華剛剛對塞內加爾人說他夢見她赤裸的肚臍。赤裸的肚臍。烏姜娃看著塞內加爾人，小心地把茶杯捧到唇邊，一派輕鬆，向外望著海洋。烏姜娃嫉妒她能保持這樣自信的平靜，也覺得很生氣，竟聽到愛德華也對別人說出這種具暗示性的話，而她思考著這樣的惱怒代表什麼。她開始把他的垂涎當成自己應得的了嗎？想到這裡、想到晚上的朗讀，她因此十分不安。所以下午吃完午餐後的空閒時間，她問塞內加爾人，愛德華講起她的赤裸肚臍時她說了什麼。

塞內加爾人聳聳肩，說，不管那老頭做了多少夢，她仍然會是個快樂的女同性戀，沒有必要對他說什麼。

「但為什麼我們都不說什麼呢？」烏姜娃問。她提高了音量看著其他人。「為什麼我們總是什麼也不說？」

他們看看彼此，肯亞人對服務生說水開始變溫了，可不可以請他多拿點冰來，坦尚尼亞人問服務生是從馬拉威的什麼地方來，肯亞人問他廚師是不是也是馬拉威人，因為似乎所有服務生都是馬拉威人，接著辛巴威人說她不想知道廚師是哪裡人，因為跳跳猴山丘的食物實在太噁心，都是肉和奶油醬汁。其他人又陸陸續續發言，烏姜娃不知道誰說了什麼，但是想像一下非洲人的聚會卻沒有米飯，為什麼就因為愛德華覺得紅酒比較適合，晚餐桌上就不能喝啤酒？八點吃早餐太早，不要管愛德華說的什麼那個時間最「恰當」，以及他菸斗的味道多麼讓人頭暈，而且他也該決定一下到底要抽哪一個，不要菸斗抽一抽又開始捲香菸。

只有黑皮膚的南非人一直沒說話，他看起來一臉失落，雙手攤在大腿上，接著才說愛德華只是個沒有惡意的老人家。烏姜娃對他大喊：「就是這種態度，所以他們才能殺掉你們，把你們圈養在小鎮，你踏上自己土地前還要先拿出通行證！」但她叫自己住口，出聲道歉，她不應該說那種話，她不是故意要大聲。黑皮膚的南非人聳聳肩，好像能夠理解魔鬼總會從中運作。肯亞人看著烏姜娃，放低了音量告訴她，她生氣的對象不只是愛德華。她撇過頭，不知道用「生氣」來形容是否恰當。

後來她和肯亞人、塞內加爾人與坦尚尼亞人一起去逛紀念品店，試戴用假象牙做的飾品。他們開玩笑問坦尚尼亞人怎麼會對飾品有興趣，難道他也是同性戀嗎？他笑了笑，說他並未限制自己的可能性，又稍微嚴肅起來說，愛德華人脈很廣，可以幫他在倫敦找個經紀人，沒必要與這個人為敵，沒必要關上機會之門，他自己可不想最後落得在阿魯沙當個無聊的教書匠。他好像在和大家說話，眼睛卻看著烏姜娃。

烏姜娃買了一條項鍊戴上，她喜歡那個白色牙齒形狀的墜飾抵在喉嚨上的樣子。那天晚上，依莎貝看到時露出微笑。「我希望人們能明白假象牙看起來有多真實，那麼就能放過動物。」她說。烏姜娃揚起微笑，說其實那是真象牙，甚至考慮要不要補充說她在一趟王室狩獵中親自殺了那頭大象。依莎貝一臉震驚，接著露出受傷的表情。烏姜娃以手指把玩著那塊塑膠。她得放鬆一下，然後她對自己這麼說了一次又一次，才開始念自己的故事。念完之後，烏干達人先發言，說這個故事很強烈，非常有信服力。他那種自信的語調比起他說的話更讓烏姜娃覺得驚訝。坦尚尼亞人說，她完全描寫出拉各斯的樣貌，那種氣味和聲音，而這些第三世界的城市實在相似得不得了。白皮膚的南非人說她討厭第三世界這種說法，卻很喜歡故事真實描寫出在奈及利亞生活的女人。愛德華往後靠，說：「現實生活中實在不太像這樣，對吧？女人絕對不是這樣顯而易見的受害者，也絕對不會是在奈及利亞。奈及利亞的女人地位很高，當今權力最大的內閣大臣就是女性。」

肯亞人插話說他很喜歡這個故事，但不相信齊歐瑪會放棄那份工作，畢竟她做為女人並沒有其他選擇，所以他覺得結尾讓人很難信服。

「這整件事都讓人無法信服，」愛德華說：「這是主題寫作，不是真實人物的真實故事。」

在烏姜娃心裡好像有什麼縮了下去。愛德華還在說話，當然了，他必須讚美寫作者的文筆，確實非──常了不起。他盯著她看，眼神中彷彿帶著贏得勝利的情緒，她不禁站了起來開始大笑。參加者都瞪著她，她大笑又大笑，他們還在瞪著她。接著她收拾起她的稿子。「真實人物的真實故事？」她說，雙眼直視愛德華的臉。「我在故事裡唯一沒寫出來的，就是我拋下同事從哈吉家走出來後坐上吉普車，堅持要司機載我回家，因為我知道那是我最後一次搭那輛車。」

烏姜娃還想說些其他的，但沒有說出口。她眼裡蓄滿了淚水，但沒讓眼淚流下。她很想、很想打電話給媽媽，走回小屋的路上她想著，這個故事的結局會不會讓人覺得能信服呢？

繞頸之物

妳以為在美國每個人都有車有槍，妳的叔叔、阿姨、表親也都這樣以為。就在妳贏得美國簽證樂透後，他們對妳說：不出一個月妳就會有一輛大汽車，很快就能買大房子，但是不要像那些美國人一樣去買槍。

他們紛紛湧入妳在拉各斯的房間，妳和父親、母親及三個兄弟姊妹一起住在這裡，他們靠在沒油漆的牆壁上，因為椅子不夠坐，他們大聲向妳道別，然後低聲對妳說希望妳寄什麼東西給他們。比起大車子、房子（可能還有槍），他們想要的東西比較小，像是手拿的皮包、鞋子、香水、衣服等等。妳說好啊，沒問題。

妳在美國的叔叔把妳所有家人的名字都寫下來，參加美國簽證樂透，說妳可以先和他住，等到妳生活穩定下來了再離開。他到機場來接妳，買了一支淋上黃芥末醬的大熱狗給妳，妳吃了覺得想吐，認識美國的第一課，他一邊說一邊笑了。他住在緬因州一處小小的白人小鎮，一間三十年屋齡的湖邊小屋，對妳說他工作的公司給他的薪水比平均值還多了好幾千美元，另外加上認股權，因為他們實在很努力要表現出多元雇用的模樣。他們在每份公司宣傳手冊上都會放他的照片，就算和他的單位毫無關係的手冊也一樣。他笑著說工作很好，值得為此住在白人為主的小鎮上，只是他老婆得開一個小時的車才能找到一家能幫黑人做頭髮的美髮沙龍。祕訣就在於了解美國，要知道美國是一個有捨才有得的國家，妳放棄了很多，但也會得到很多。

他教妳怎麼到主街上的加油站應徵收銀員的工作，幫妳註冊社區大學的課程。那裡的女孩都有一雙粗壯的大腿、塗著大紅色指甲油，還擦著仿曬劑，讓她們看起來像是橘色的。她們問妳在哪裡學英文、在非洲老家有沒有真正的房子、來美國前有沒有看過汽車。她們讚嘆地看著妳的頭髮，問妳如果把髮辮拆下來是會翹起來或垂下去？她們想要知道。全部頭髮都會翹起來？怎麼會？為什麼？妳有用梳子嗎？她們問這些問題的時候，妳笑得很緊繃，妳叔叔向妳說過會出現這種情形，半是無知、半是傲慢，他這樣講。又對妳說他搬到這個房子後過了幾個月，鄰居是怎麼說起松鼠慢慢不見了的事。他們聽說非洲人什麼野生動物都吃。

妳和叔叔一起大笑，在他的家裡，你覺得就像在自己家，他老婆叫妳 *nwanne*，就是妹妹的意思，而他兩個還在上學的小孩叫妳阿姨。他們會說伊博語，午餐吃木薯泥，就像在家鄉一樣。直到叔叔走進妳睡覺的那個狹小地下室，那裡堆著老舊的箱子和紙箱，他用力把妳拉到他身前，捏著妳的屁股呻吟著。他其實不是妳真正的叔叔，只是妳爸爸的姊妹的丈夫的兄弟，沒有血緣關係。妳把他推開後，他坐在妳床上，這裡畢竟是他家，他微笑著說妳已經二十二歲了，不算孩子，如果妳答應他，他可以幫妳做很多事。聰明的女人常常會這麼做，妳以為家鄉拉各斯那些女人是怎麼拿到高薪工作的？就算是紐約市的女人也一樣。

妳把自己反鎖在廁所，直等到他上樓了才出來。隔天早上妳就離開了，沿著長長的小路迎風一直走，聞到湖裡小魚的氣味。妳看到他開著車經過，他總會載妳到主街去上班，而他沒有按喇叭。妳想著，不知道他會不會告訴他老婆妳為什麼離開，然而妳想起他說的話，美國是一個有捨才有得的國家。

最後妳來到康乃狄克州另一個小鎮，因為這是妳搭上的灰狗巴士最後一站，妳走進一間遮雨棚明亮乾淨的餐廳，說妳願意拿比其他女服務生還少兩元的薪水工作。店經理叫璜，頭髮黑得像墨，微笑時露出一顆金牙，他說他從來沒雇用過奈及利亞員工，但所有移民都很認真工作，他知道，因為他也是過來人。他給妳的時薪比別人少一元，但這是檯面下交易，他不喜歡他們要他付那麼多稅金。

妳沒有錢去上學了，因為妳得付錢租下一間地毯有汙漬的小房間，而且這個康乃狄克小鎮也沒有社區大學，州立大學的學分費又太貴。於是妳去公共圖書館，在學校網站上查到課程大綱的建議書單，找了幾本書來讀。有時候妳坐在自己那張凹凸不平的雙人床床墊上想起家鄉，妳的幾個阿姨叫賣著魚乾和大蕉，哄著客人買東西，如果他們不買就大聲叫罵；妳的叔伯總是喝著本地釀的琴酒，他們的家人和人生都擠在小小的房間裡；妳的朋友在妳離開前曾過來說再見，很高興妳贏得美國簽證樂透，也坦白地說他們很嫉妒；妳的父母週日早上總是牽著手一起走去教堂，住在隔壁房的鄰居總會笑著戲弄他們；妳父親下班時會把他老闆的舊報紙帶回家給妳兄弟讀；妳母親的薪水僅僅足夠支付兄弟的中學學費，那裡的老師只要收到裡頭塞了錢的牛皮信封，就會給出優等的成績。

妳從來就不需要塞錢才能拿到優等，在中學裡從來沒有塞過牛皮信封給老師，但是妳仍然選了長長的牛皮信封，把每個月一半的薪水寄給父母，收件地址是一家半國營的公司，妳母親在那裡當清潔工，妳總是會用璜交給妳的美元紙鈔，因為那些鈔票很平整，不像小費拿到的那樣。月月如此。妳小心翼翼地用白紙將錢包起來，但是沒有寫信，因為實在沒什麼好寫的。

但是過了幾個禮拜妳就想寫信了，因為妳有了可說的故事，妳想要寫出美國人坦白得令人吃驚，他們是多麼急切地想告訴妳他們母親對抗癌症的故事、他們的姑嫂早產，這樣的事應該隱而不說，或者只對家族裡的人說，讓他們祝福妳。妳想要寫出這些人的盤子總是剩下太多食物，再扔下幾張皺皺的紙鈔，像是捐獻了錢以彌補浪費掉的食物。妳想要寫出那個開始大哭的小孩，拉扯著自己的金髮，把菜單掃到桌子底下，而父母並沒有叫她閉嘴，反而好言相勸。這個孩子看起來大概才五歲，之後他們全部起身離開。妳想要寫出那些有錢人，穿著破舊的衣服和爛爛的球鞋，活像是拉各斯駐守在大型複合式住宅區外的夜班警衛。妳想要寫出有錢的美國人都很瘦、貧窮的美國人都很胖，很多人都沒有大房子和汽車，不過妳還是不太確定他們有沒有槍，說不定他們就把槍放在口袋。

妳不只想寫信給妳的父母，還想寫給妳的朋友、表親、叔叔伯伯、阿姨姑姑，但是妳絕對沒有多餘的錢能買香水、衣服、皮包、鞋子送給他們。畢竟妳的服務生工作賺來的錢還要付房租，所以妳誰也沒寫信。

沒有人知道妳在哪裡，因為妳沒有對別人說。有時妳覺得自己是隱形人，試著穿過房間的牆壁到走廊上，於是妳便一頭撞到牆上，在手臂留下瘀青。有一次，璜問妳是不是被男友打了，他可以處理掉他，而妳神祕兮兮地笑開。

到了晚上，總有什麼東西圈住了妳的脖子，那東西幾乎就要在妳入眠前掐死妳。

餐廳裡有很多人都會問妳是什麼時候從牙買加來的，因為他們認為每個有外國口音的黑人都是牙買加人，或者有些人會猜到妳是非洲人，就對妳說他們很喜歡大象，想去參加野外狩獵巡遊。

所以，那天在昏暗的餐廳燈光裡，妳剛念出了每日特餐的內容，他問妳是從哪個非洲國家來，那時妳回答了奈及利亞，以為他會說他捐過錢給波札那共和國以對抗愛滋，他卻問妳是約魯巴族或伊博族，因為妳看起來不像游牧為生的富拉尼族。妳很吃驚，妳以為他一定是州立大學的人類學教授，他看起來快三十歲，是有點年輕，但誰又說得準呢？妳回答是伊博族，他問了妳的名字，說埃昆娜這個名字很美。還好他沒問這是什麼意思，因為妳實在很不想再聽到有人這樣說：「『父親的財富』？妳是說，妳父親真會把妳賣給丈夫那種感覺嗎？」

他告訴妳，他曾經去過甘納、烏干達和坦尚尼亞，很喜歡烏干達詩人奧考特．庇代克[17]的作品以及奈及利亞作家阿莫斯．圖圖奧拉[18]的小說，讀過很多關於撒哈拉以南非洲國家的資料，包括他們的歷史與複雜關係。妳想讓自己鄙視他，並且在為他上菜時表現出來，因為太過喜歡非洲的白人和不怎麼喜歡非洲的白人都一樣，自以為高人一等。但是他並不像緬因州社區大學裡的柯伯狄克教授那樣以居高臨下的姿態搖搖頭，他們那時正討論到非洲的去殖民化；他也沒有出現柯伯狄克教授那樣的表情，會出現那種表情的人總以為自己比認識的人都強。隔天他來了，坐在一樣的桌號，妳去問他雞肉好吃嗎，他則問妳是不是在拉各斯長大。第三天他又來了，還沒點菜就開始說話，聊著自己去過印度的孟買，如今很想去拉各斯，看看真實的人是如何生活，例如那些住在簡陋棚屋裡的人。他出國時從來不會做那些愚蠢觀光客做的事。他一直講、一直講，妳甚至得提醒他這樣不合餐廳規矩。妳放下水杯時，他輕輕掃過妳的手。第四天，妳看到他來的時候，對璜說妳不想再負責那一桌了。那天晚上妳下班時，他就等在外頭，耳朵裡塞著耳機，問妳願不願意和他出去，因為妳的名字與哈庫納瑪塔塔押韻，而《獅子王》是他唯一喜歡的感性電影。妳不知道《獅子王》是什麼，妳看著他站在明亮的燈光下，注意到他的眼睛是特級初榨橄欖油的顏色，有些青綠的金。妳只喜歡特級初榨橄欖油，那是妳在美國真正喜愛的東西。

他在州立大學念大四，他告訴妳他幾歲，妳問他為什麼還沒畢業。畢竟這裡可是美國，和家鄉不一樣。拉各斯的大學常常關閉，人們的正常學習歷程得多加三年，講師又會一次又一次地罷工抗議，還是拿不到薪水。他說自己休學幾年去找自己、去旅行，大多去非洲和亞洲。妳問他最後在哪裡找到自己，他笑了而妳沒有，妳不知道有人可以就這樣選擇不去上

17 奧考特・庇代克（Okot p'Bitek，1931–1982）是烏干達的代表性詩人。

18 阿莫斯・圖圖奧拉（Amos Tutuola，1920–1997）是奈及利亞作家，他的小說多以約魯巴族的傳說為靈感。

學，有人可以主宰自己的人生，因為妳已經習慣了接受人生給予妳的一切，人生說什麼妳就照樣寫什麼。

接下來的四天裡，妳都拒絕和他出去，因為妳對他看著妳的臉的模樣感到不安，落在妳臉上的眼神太強烈、太著迷，使妳向他道別，又讓妳不太想走開。到了第五天晚上，妳下班後發現他沒有站在門外，妳感到驚慌了，這麼久以來妳第一次祈禱，但接著他出現在妳身後說嗨，這次他甚至還沒開口問妳就說好，妳願意和他出去，妳擔心他不會再問一次。

隔天他帶妳去張家餐館吃晚餐，妳的幸運餅乾裡有兩條籤紙，兩張都是空白的。

妳知道妳已放鬆了警戒，因為妳告訴他妳有看餐廳電視上播出的益智問答節目，妳會為各個參加者加油，依照以下順序：有色人種女性、黑人、白種女人，最後才是白人，也就是說妳從來沒有支持過白人。他笑了，告訴妳他已習慣了沒人支持他，他母親是教女性研究的。

妳知道你們的關係已經很緊密，因為妳告訴他妳的父親其實不是在拉各斯當學校老師，而是在建築公司當低階司機。妳又告訴他，那天妳父親開著那輛搖搖晃晃的寶獅五〇四汽車，載著妳困在拉各斯車陣中。那天下著雨，妳的座位都溼了，因為車頂上鏽蝕了一個洞。路上大塞車，拉各斯總是在塞車，要是下了雨更是一團混亂，路面成為泥濘的池塘，車輛會陷在裡面。妳有幾個表親這時會出門去幫忙推車，賺一點錢。妳想著，就是因為雨水、汪洋沼澤，才會讓妳父親那天太晚踩煞車，妳先是聽到碰撞聲，才感覺到妳父親撞到的車是一輛寬敞、國外進口、深綠色的汽車，金色的車頭燈就像花豹的雙眼。妳父親甚至還沒下車就開始哭、開始求饒，他下車趴在路上，惹來不少喇叭聲。先生對不起、先生對不起，他不斷說道，就算您把我和我全家人都賣了，也買不起您車子的一顆輪胎啊，先生對不起。

坐在後座的大人物並沒有下車，而是他的司機出來查看損害，斜著眼看妳父親匍匐的模樣，彷彿這樣的求饒是某種色情片，他羞於承認自己很喜歡看這種表演。終於他放妳父親離開，揮揮手叫他走，其他車輛的喇叭聲不絕於耳，駕駛紛紛咒罵。妳父親回到車上時，妳不想看他，因為他就像那些在市場附近的泥沼裡打滾的豬。妳父親看起來糟透了，*nsi*[19]。

妳告訴他這件事之後，他抿著脣握起妳的手，說他了解妳的感受。妳抽回自己的手，突然覺得惱怒，因為他覺得這個世界是——或者說應該是——充滿了像他這樣的人。妳告訴他沒什麼好了解的，事情就只是這樣。

19 查詢意思約為毒藥，但作者後面加上shit一字，可能是口語「爛透了」的意思。

他在哈特福的電話黃頁上找到一家非洲商店，開車帶妳去，因為他看起來熟門熟路，還把棕櫚酒的瓶子傾斜過來，看看有多少沉澱物，來自甘納的店主人就問他是不是非洲人，像是白皮膚的肯亞或南非人，他說是，但自己已在美國住了很久。當他發現店主人相信了他的話，就一臉得意。那天晚上妳用他買的東西做飯，他吃了木薯泥和南非葉燉湯後在妳的廚房水槽裡吐了。不過妳不在意，因為現在妳可以在南非葉燉湯裡加肉一起煮了。

他不吃肉，因為他覺得殺害動物是不對的，他說這樣會讓動物產生恐懼毒素，而人類吃了恐懼毒素就會變得疑神疑鬼。妳在家鄉時如果能夠吃到肉，所能吃到的分量也就是半根指頭那麼大。但是妳沒有告訴他這件事，也沒有告訴他妳母親不管煮什麼都會加達瓦達瓦香料塊，因為咖哩和百里香太貴，而達瓦達瓦裡頭有味精——基本上它就是味精。他說味精會致癌，所以他喜歡張家餐館，因為張家的菜不會加味精。

有一次去張家餐館時，他對服務生說他最近去了上海，會講一點中文，服務生的態度就熱絡起來，告訴他哪種湯最好，然後問他：「您在上海有女朋友了嗎？」他微微一笑，什麼也沒說。

妳沒了胃口，胸膛深處的那塊地方像是堵住了一樣。那天晚上他進入妳的身體時妳沒有呻吟，妳咬住自己的嘴唇，假裝自己沒有高潮，因為妳知道他會擔心。後來妳告訴他自己為什麼不高興，因為就算你們兩人經常一起去張家餐館，就算在送上菜單前你們兩人親吻，那個中國人還是認為妳不可能是他的女朋友，而他微笑不語，先是一臉無神看著妳，再來道歉。但妳知道他並不明白。

他買禮物給妳，當妳拒絕收下這麼貴的東西，他說他在波士頓的祖父很有錢，可是馬上又說那個老人捐出了很多，所以他的信託基金也不算多。他的禮物讓妳眼花撩亂，有一個拳頭大小的玻璃球，搖一搖就能看見一個穿著粉紅衣服、身材勻稱的小娃娃轉起圈圈。有一顆閃亮亮的石頭，不管表面碰到什麼就會變成那個東西的顏色。另有一條墨西哥手工繪製的昂貴絲巾。最後妳告訴他，語調因帶著諷刺而拉長，說自己這輩子收到的禮物都是實用的，例如那顆石頭，如果可以用來磨利東西就很好用。他發出長久而誇張的笑聲，但妳沒有笑，妳知道他這輩子都可以這樣單純為了送禮而買禮物，不為其他目的，不需任何用處。當他開始買鞋子、衣服和書本給妳，妳叫他別送了，妳什麼禮物都不想要，但他還是買給妳。於是妳把東西留給表親、叔伯、阿姨姑姑，等到妳終於能夠回家看看的那一天，就可以送。只是妳也不知道自己要怎麼才能買得起機票，外加負擔房租。他說他真的很想看看奈及利亞，他可以付兩人的機票，和妳一起去。妳不想讓他幫妳付回家的錢，妳不想讓他去奈及利亞，好讓他在那串國家名單中再添一筆，讓他去盯著窮人家的生活看，而那些人卻永遠無法盯著他的生活看。妳這樣告訴他了，那是個豔陽天，他帶妳去看長島海灣，你們兩人吵了起來。妳走在平靜無波的水邊，音量漸漸變大。他說妳不應該說他自以為是，妳說他不應該說只有孟買那些貧窮的印度人才是真正的印度人，難道，因為他看起來不像他們在哈特福看過的那些肥胖窮人，就表示他不是真正的美國人嗎？他很快走到妳前頭，上身赤裸而蒼白，夾腳拖帶起了一點沙子，不過他又回頭伸出手來牽著妳。你們和好了，做愛，兩人的手梳過對方的頭髮，他的頭髮柔軟而金黃，就像成長中的玉米穗那樣搖擺；而妳的頭髮烏黑有彈性，就像枕頭裡的枕芯。他曬了太多太陽，皮膚變得像成熟的西瓜果肉一樣紅。妳吻了吻他的背，幫他擦上乳液。

圈著妳脖子的那東西，幾乎要在妳入眠前掐死妳的那東西，開始鬆開、放手。

從人們的反應妳知道你們兩人不正常，討厭鬼的態度更加討厭，而善良的人又更加善良。上了年紀的白人男女會低聲喃喃，瞪著他看。黑人則會朝著妳搖搖頭，黑人女性的眼神充滿同情，因為妳如此缺乏自尊、自我厭惡而哀嘆著。又或者，有些黑人女性會露出從容而團結的笑，也有些黑人太過努力想原諒妳，於是與他打招呼時顯得太過刻意。有些白人男女說著「多麼賞心悅目的一對」，口氣太過輕快，音量太大，似乎是想印證自己有多麼開明。

但他的父母不一樣。他們幾乎讓妳覺得這樣很正常。他母親告訴妳，除了他的高中舞會舞伴，他從來沒有帶女孩子回家見他們，他僵硬地笑了笑，握住妳的手。桌布遮住了你們交握的手，他捏捏妳，妳也捏捏他，想著不知道他怎麼這麼僵硬，為什麼他那雙特級初榨橄欖油眼睛在和父母說話時會黯淡下來。他的母親問妳有沒有讀過納瓦勒・薩達維[20]的作品，妳說有，他母親十分開心。他的父親問起印度食物跟奈及利亞食物之間有多相似，帳單送來時又開玩笑要妳付帳。妳看著他們，慶幸他們沒有把妳當成異國戰利品，像根象牙一般審視。

後來他告訴妳他和父母之間有什麼問題：他們會按比例表現出愛，就像切生日蛋糕。說如果當初他同意去念法學院，他們就會給他更大一塊的愛。妳很想同情他，卻只是生氣。

他告訴妳他的父母邀他一起去加拿大一、兩個禮拜，去住他們在魁北克鄉間的夏季小屋，甚至要他帶妳一起去，不過他拒絕了，這讓妳更加生氣。他讓妳看小屋的照片，妳想著為什麼要說那是小屋，因為在妳家鄉那個地方，這麼大間的房子都可以當銀行和教堂了。妳手中的玻璃杯掉下，碎在他公寓的硬木地板上，他問妳怎麼了，妳什麼都沒說，只是覺得很多事情都不對勁。後來在洗澡時妳開始哭泣，看著水刷去了妳的眼淚，妳卻不知道自己為什麼要哭。

20 納瓦勒・薩達維（Nawal El Saadawi，1931–），埃及女性主義作家。

妳終於寫信回家，寫了一封短信給妳父母，塞在平整的美元鈔票之間，並且附上妳的住址。幾天後，就有信差給妳送來了回信，妳知道是母親親自寫的，因為信上的字跡歪歪扭扭，拼字也有不少錯誤。

妳的父親過世了，癱倒在公司車的方向盤上，那已是五個月前發生的事，她寫道。他們用掉一些妳寄去的錢為他辦了一場體面的葬禮，殺了一頭羊來宴客，幫他買了一副好棺材。妳蜷縮在床上，膝蓋緊壓著胸膛，試著回想妳父親去世時妳在做什麼，在這段他已經去世的幾個月中，妳都在做什麼。或許妳父親死去的那天，妳全身都起了雞皮疙瘩，硬得就像生米，妳卻無法解釋原因，璜向妳開玩笑說要妳去代廚師的班，廚房裡的熱氣應該會讓妳溫暖起來。或許，妳父親死去的那天，妳剛好坐著車到米斯蒂克去玩、到曼徹斯特的劇場看戲，或者在張家餐館吃晚餐。

妳哭泣的時候他抱著妳，摸摸妳的頭髮，主動說要幫妳買機票，和妳一起去見妳的家人。妳說不了，妳必須自己去，他問妳會不會回來，妳提醒他，自己拿了綠卡，如果一年內不回來就會失去這張卡。他說妳知道他的意思，妳會回來嗎？會嗎？

妳轉過身去不發一語，他開車載妳去機場時，妳緊緊抱著他很長、很長一段時間，然後放開了手。

美國大使館

她站在拉各斯的美國大使館外頭排隊，直直盯著前方動也不動，手臂下夾著一個藍色塑膠檔案夾，裡面裝著文件。在美國大使館緊閉的大門外面，大概排著兩百個人，一路蜿蜒著排到了另一頭那扇較小、纏著藤蔓的捷克大使館大門。她是隊伍中的第四十八人。她沒有注意到那些吹著哨子的報紙小販，他們把《衛報》、《新聞》、《先鋒報》等報紙塞到她面前。她沒有注意到走來走去的乞丐手上遞出的搪瓷盤子，也沒有注意到響著喇叭的冰淇淋腳踏車。她沒有拿著雜誌幫自己搧風，也不揮手驅趕耳邊飛來飛去的小蒼蠅。站在她身後的男人輕拍她的背，問：「妳有零錢嗎，*abeg*，拜託，兩張十元的換二十奈拉？」她盯著他好一會兒，想要集中精神，想起自己身在何方，才搖搖頭說：「沒有。」

潮溼的熱氣使空氣無比凝重，壓在她頭上，讓人更難保持腦內清空，昨天巴羅岡醫生才說她必須這麼做，並拒絕再開鎮定劑給她，因為她必須保持清醒，才能應付簽證面試。他說得倒簡單，以為她很清楚該怎麼保持腦內淨空嗎？以為她能夠控制？以為她自己想看到兒子烏岡納小小、胖胖的身軀癱軟在面前？他胸前那片噴濺的紅色太過鮮明，她差點想罵他怎麼可以拿廚房裡的棕櫚油來玩，即使她知道他根本不可能搆得到她放油和香料的架子，不可能扭開棕櫚油的塑膠瓶蓋。畢竟，他才四歲。

後面的男人又拍拍她，她很快轉過身，差點要因為那股穿透脊背的劇痛尖叫出聲。肌肉扭傷，巴羅岡醫生說，他看起來相當驚訝，從陽臺跳下來她居然沒受更嚴重的傷。

「看看那個沒用的士兵在那裡做什麼。」後面的男人說。

她慢慢把脖子轉過去看著對街，那裡已聚集了一小群人，士兵正揮舞長鞭，鞭笞著一名戴眼鏡的男人。鞭子先在空中捲起，再落在男人臉上或脖子上，她無法確認，因為男人伸起手，像是要擋住鞭子。她看到男人的眼鏡滑落在地，看到士兵軍靴鞋跟踩扁了黑色鏡框與有色鏡片。

「看看他們是怎麼懇求那個士兵，」後面的男人說：「我們國家的人太習慣懇求士兵了。」

她沒說什麼，他很堅持要表現出一派友善，不像她前面那個女人稍早說的話：「我一直在對妳講話，結果妳只是像個呆瓜一樣看著我！」她現在不想理她了。或許，他會想知道為什麼她不像其他排隊的人那樣互相認識認識，因為他們都起了個大早（這是在說那些真的有睡的人），還沒天亮就來到美國大使館。因為他們都努力想在排簽證的隊伍裡搶個好位子，一邊躲避士兵揮舞的鞭子，一邊被趕來又趕去，最後終於排成像樣的隊伍。因為他們都很害怕美國大使館可能會決定今天不開，那麼他們後天又得重新來一次，因為大使館星期三不開放，所以他們建立起交情。打扮整齊的男男女女交換報紙，互相譴責阿巴查將軍領導的政府，而穿著牛仔褲的年輕人看起來一派輕鬆，一副很知道自己在做什麼的模樣，交換回答美國學生簽證問題的祕訣。

「看看他的臉，流了那麼多血，鞭子劃傷了他的臉。」後面的男人說。

她沒有看，因為她知道血會是紅的，就像新鮮的棕櫚油。她反而看了看前方的伊立克彎道，在這條蜿蜒的道路上林立各國大使館，前方都有寬闊的草坪。她再看看站在街道兩旁的人群。這條人行道好像會呼吸，在美國大使館開放的時間，就會聚起市集，大使館關閉後，就會消失。有個租借椅子的攤位堆起一疊疊白色塑膠椅，租用的話每小時是一百奈拉，椅子消失的速度很快。有個攤位在水泥磚上架起木板，陳列著五顏六色的糖果、芒果和柳橙。有些年輕人在頭頂放了用布料捲成的軟墊，再頂起裝滿香菸的托盤。有幾個孩子領著眼盲的乞丐，只要有人在他們盤子裡放錢，就會用各種語言唱著祝福的話語，像是英文、約魯巴語、洋涇浜、伊博語和豪薩語等等。當然，還有臨時搭起的攝影棚，一名高個子男人站在三腳架旁，舉著一面用粉筆寫成的標語：好照片只要一小時，符合美國簽證規格。她就在那裡拍自己的護照照片，坐在一張搖搖晃晃的凳子上，拍攝的結果也不讓人意外。照片畫質顆粒很粗，她臉上的膚色也淡了很多，但是話說回來，她也沒得選，她沒辦法提早拍好照片。

兩天前她埋葬了自己的孩子，墓地就選在他們家族老家烏姆那其一處菜園附近。她身邊圍繞著許多好心人，但她現在已記不得。再前一天，她把丈夫藏在他們的豐田汽車後車廂，開著車把他送到一個朋友家，好將他偷渡出境。更前一天，她不需要去照什麼護照照片，她的生活很正常，帶烏岡納去上學，在大大先生速食店買了熱狗捲給他，兩人聽著車上廣播傳出的馬傑．法謝[21]歌聲一起唱。如果某個算命仙告訴她，僅僅再過兩天她的人生就會天翻地覆，她一定會一笑置之，或許還會多給算命仙十奈拉，鼓勵對方想像力這麼豐富。

「有時候我會想，說不定美國大使館的人會望向窗外，津津有味看著士兵鞭打別人。」後面的男人說。而她希望他可以閉嘴，就是因為他一直講話，才讓她更難清空腦袋，不再去想烏岡納。她又看向對街，士兵已經走開了，即使隔著這樣的距離，她還是能看到他猙獰的臉，那個成年人的憤怒好猙獰，只要他想，隨時都能再鞭打另一個成年人。他昂首闊步的樣子看來志得意滿，就像四天前的晚上破壞她家後門闖進來的男人。

妳丈夫在哪裡？在哪裡？他們拆毀了兩間房間裡的衣櫃，連抽屜都拉出來，她大可以告訴他們，她丈夫身高超過一百八十公分，不可能藏在抽屜。三個穿著黑色長褲的男人渾身酒氣，還帶著辣椒湯的氣味。過了很久之後，她抱著烏岡納僵硬的身體，明白自己再也不會吃辣椒湯。

妳丈夫去哪裡了？去哪裡？他們把槍抵在她頭上，她說：「我不知道，他昨天就走了。」她直挺挺站著，只是溫暖的尿液順著她的腿流下。

其中一人穿著一件黑色連帽衫，聞起來的酒味最重，他的雙眼紅得嚇人，紅到讓人覺得疼痛。他喊得最大聲，並踢著電視機，妳知道妳丈夫在報紙上寫的那些報導嗎？妳知道他在說謊嗎？妳知道像他這樣的人就該關進牢裡，因為他們會惹麻煩，因為他們不想讓奈及利亞進步，知道嗎？

他坐在沙發上。她丈夫每天都坐在那個位置收看奈及利亞電視臺上的晚間新聞，他一把將她扯來，她只能尷尬地坐在他大腿上。他的槍抵著她腰間，漂亮女人，為什麼要嫁給一個

21 馬傑・法謝（Majek Fashek，1962–）是奈及利亞的知名創作歌手。

麻煩鬼？她感覺到他硬了，又聞到他嘴裡發酵般的口氣，覺得很想吐。

不要煩她。另一個人說。這個人的頭禿到發亮，就像擦了凡士林。我們走。

她掙扎著離開他的大腿，從沙發上站起，穿著連帽衫的男人依舊坐著，打了她的屁股。就在這時，烏岡納開始哭著跑向她，連帽衫男人大笑，說她的身體很柔軟，一邊揮著他的槍。烏岡納開始尖叫，他以前哭泣時從來不尖叫，他不是那樣的孩子，接著槍枝走火，棕櫚油就這樣潑灑在烏岡納胸膛上。

「妳看，這裡有柳橙。」排在她後面的男人說，遞給她一只塑膠袋，裡面裝著六顆剝好皮的柳橙。她沒注意到他去買了。

她搖搖頭。「謝謝。」

「吃一個，我注意到妳從一早就沒吃東西了。」

她這時才第一次好好端詳著他。他的長相很平凡，就一個男人來說，他的深色皮膚倒是少見的光滑。他散發出一種胸懷抱負的氣息，穿著燙得平整的襯衫，打藍色領帶，說起英文時相當謹慎，好像害怕自己會說錯。或許他是在那種新世代的銀行裡工作，可能比他自己想像中賺了更多錢，過著更好的生活。

「不用了，謝謝。」她說。前面的女人轉過來看著她，又轉回去和其他人聊天，說起一種特殊的教堂服務，叫做美國簽證奇蹟服事，

「妳該吃一點。」後面的男人說，不過他已不再把那袋柳橙塞給她。

她又搖搖頭。那股痛楚還在，就在雙眼之間的某處發疼，好像從陽臺跳下時，她腦袋裡有某塊、某部分錯了位，現正彼此撞來撞去、製造疼痛。往下跳不是她唯一的選擇，一旁的芒果樹枝幹延伸到了陽臺上，她大可沿著爬下去，也大可以衝下樓梯。那些男人激烈爭執著，聲音大到完全忽略了現實，有一會兒，她還相信或許那聲爆裂聲不是槍響，可能是哈麥丹季節開始時那種詭異的響雷，而或許那片濺出的紅真的是棕櫚油，烏岡納不知怎地拿到了瓶子，現在只是玩起了暈倒遊戲，只是他以前沒玩過的遊戲。接著他們的交談將她拉回現實，你以為她會對人說這只是意外嗎？歐加有叫我們這麼做嗎？只是個小孩子！我們得殺了母親。不行，這樣麻煩加倍。沒錯。不行，走吧，朋友！

她那時已奔逃到陽臺，爬過欄杆往下跳，完全沒顧慮到這裡是兩層樓高。接著她爬進了門邊的垃圾桶。她聽見他們車輛開走時的引擎聲，才回到房裡，全身都是垃圾桶裡腐爛的大蕉皮味道。她抱起烏岡納的屍體，臉頰貼在他毫無動靜的胸膛上，發現自己從來沒有這麼羞愧。她辜負了他。

「妳是在擔心簽證的面試，*abi*（是嗎）？」後面的男人問。

她聳聳肩，動作很輕，這樣背才不會痛，並逼自己扯出一個淡淡的微笑。

「只要記得，妳在回答問題時一定要看著面試官的眼睛，就算說錯了什麼也不要改口，不然他們會以為妳在說謊。我有很多朋友都被他們拒絕了，都是因為很小、很小的原因。我呢，是申請停留簽證，我哥哥住在德州，我想去度個假。」

他的聲音聽起來就像那些陪在她身邊的人，他們都曾幫助他丈夫逃走，也幫忙了烏岡納的葬禮，帶她到大使館。回答問題時不要發抖，那些人這樣說。把烏岡納的事都告訴他們，說他是個什麼樣的孩子，但不要太誇張，因為每天都會有人說謊，為了拿到難民簽證，說哪個親人死掉，其實根本沒這個人。妳要說出真實的烏岡納，要哭，但不要哭得太凶。

「他們不再發出移民簽證給我們國家的人了，除非那人就美國標準來說也很有錢。但是我聽說從歐洲國家來的人要拿到簽證就沒有問題。妳是要申請移民簽證或停留簽證？」男人問。

「難民。」她沒有看他的臉，仍感覺到他的驚訝。

「難民？這很難證明喔。」

她想著不知道他有沒有讀過《新奈及利亞報》，不知道他有沒有聽過她丈夫的事。大概有吧，每個支持民主傾向媒體的人都知道她丈夫，尤其他是第一個公開說政變陰謀只是作假的記者。他寫了一篇報導指控阿巴查將軍捏造出政變的假象，好殺害並囚禁自己的政敵。士兵湧入報社辦公室，將大量當期報紙裝進一輛黑色卡車運走，但是影印版本仍然流出，在拉各斯傳開。有個鄰居看見別人將報紙貼在橋梁牆上，旁邊就貼著宣傳教堂改革聖戰和新上映電影的海報。士兵將她丈夫關押了兩個禮拜，割破了他額頭的皮膚，留下類似L形狀的疤痕。他被放出來後，他的朋友帶著一瓶瓶威士忌來家裡探望，小心翼翼碰觸他的疤痕。她還記得有人對他說：奈及利亞會因為你而變好。她也記得丈夫的表情，就像個興奮激動的救世主，開始說起某個士兵毆打他一頓後還給他一根菸。他說話時結結巴巴，因為興致正高昂。

幾年前她會覺得他結巴的樣子很可愛，如今再也不覺得了。

「很多人申請難民簽證都沒拿到。」後面的男人大聲說道，也許他一直都在講話。

「你有讀《新奈及利亞報》嗎？」她問。她沒有轉身看著那個人，只是看著隊伍前方一對夫妻，他們買了好幾包餅乾，打開包裝時發出爆裂聲響。

「有啊，妳想要嗎？小販可能還有幾份。」

「不，我只是問問。」

「這報紙很棒，那兩個編輯就是奈及利亞需要的人，冒著生命危險告訴我們真相，真的很勇敢。要是更多人有那樣的勇氣就好了。」

那不是勇氣，只是過度誇大的自私。一個月前，她丈夫忘了他表親的婚禮，也不管他們早就答應要出錢贊助，還對她說他不能取消到卡杜納的旅程，因為要去訪問遭逮捕的記者，這太重要了。她看著他，心想自己怎麼嫁給了這個疏離而瘋狂的男人。她說：「不是只有你才討厭政府。」於是她自己一人出席了婚禮，他則去了卡杜納。等他回來後，他們就不太說話了。就算有交談，大部分也都是談烏岡納。你一定不相信這孩子今天做了什麼。在他下班回家時她會這樣說，然後開始詳細描述烏岡納怎麼對她說他的桂格燕麥片裡有胡椒，所以他再也不吃，或者他怎麼幫她拉上了窗簾。

「所以你覺得那些編輯的作為很勇敢嗎？」她轉身面對身後的男人。

「是啊，當然啊，不是每個人都做得到，那就是我們國人真正的問題。勇敢的人不夠多。」他用意味深長的眼神看著她，如此理所當然，又帶著疑心，彷彿在懷疑她是想為政府辯護，是那些會批評民主化運動的傢伙，認為在奈及利亞只有軍政府才行得通。如果是在不同的情況下，她可能會告訴他自己的新聞經驗，她在札里亞念大學時就開始了。她曾經組織集會，抗議布哈里將軍[22]縮減學生補貼的決定。她或許還會告訴他，自己曾為拉各斯當地的《晚報》撰稿，她如何報導預謀殺害《衛報》出版商的事件，而她好不容易懷孕之後才辭職，因為她和丈夫已經嘗試了四年，自己的子宮還長滿肌瘤。

她轉回身去背對男人，看著那些乞丐沿著簽證隊伍一路乞討，瘦高的男人穿著骯髒的長袍，手指捻著祈禱念珠，嘴裡念著古蘭經。女人的眼白看得出黃疸，用薄薄的布料把生病的孩子揹在背上。一對盲人夫妻由女兒領著走，脖子上掛著聖母瑪利亞的藍色飾牌，垂在破舊的衣領下。一位報紙小販吹著口哨走來，臂上捧著一堆報紙，她在其中沒看到《新奈及利亞報》，或許已經賣光了。她丈夫最新的報導是〈阿巴查時代現況：一九九三至一九九七〉，她一開始還不擔心，因為他沒寫出什麼新玩意兒，只是整理出遭殺害的人數、未能實踐的合約與消失的錢財。反正奈及利亞人又不是不知道這些事，她認為不會惹出太多麻煩，也不會有太多人注意。但是報紙出版只過了一天，BBC就把這故事搬上新聞臺報導，還訪問了一名流亡的奈及利亞政治學教授，說她的丈夫值得一座人權獎，他用筆來對抗壓迫，為無法發聲的人發聲。他讓全世界都知道了。

她丈夫努力在她面前藏起自己的緊張，然後某天，他接到一通匿名電話。他經常接到匿名電話，他就是那種記者，能在報導新聞的路上培養出友情。那通電話說元首本人相當震怒，於是他再也不隱藏自己的恐懼，他讓她看見他發抖的雙手。電話那頭的人說，士兵正趕過來逮捕他，命令上說，這會是他最後一次遭逮捕，他永遠回不來了。電話掛斷後沒幾分鐘，他便爬進汽車的後車廂。這樣一來，如果士兵來盤問，大門守衛就可以誠實回答不知道她丈夫是什麼時候離開。她帶烏岡納到鄰居家，很快地往後車廂灑點水，雖然她丈夫催她要快一點，但她總覺得後車廂溼了會比較涼，他比較好透氣。她開車載他到編輯同事的家裡，隔天他從貝南共和國打電話給她，編輯同事有認識的人帶著他偷渡過了邊境。他先前為了到亞特蘭大州上訓練課程申請的美國簽證還有效，等他到了紐約，就可以申請難民庇護。她告訴他別擔心，她和烏岡納會沒事，等到學期結束她就去申請簽證，他們就能在美國團聚。那天晚上，烏岡納睡不著覺，她讓他醒著玩玩具車，她則在一旁看書。當她看到那三個男人從廚房後門闖進來，痛恨自己沒有堅持要烏岡納去睡覺，要是——

「啊，這陽光一點也不饒人，美國大使館這些人至少也該幫我們蓋個遮陽棚吧，他們向我們收了這些簽證費用，如果挪一點來用就好了。」後面的男人說。

他後面有人說美國人收這些錢是自己要用的，又有人說他們是故意要讓申請人晒著太陽

22 穆罕默度・布哈里（Muhammadu Buhari，1942–）於一九八三年發動軍事政變而成為奈及利亞最高領袖，兩年後因政變下台，二〇一五年再度擔任奈及利亞總統。

等待，又有另一人笑出聲。她對那對盲人乞丐示意一下，在她的皮包裡翻出二十奈拉紙鈔，她把錢放進他們碗裡時，他們唱著：「願神保佑您，您會發大財，會有好丈夫，會有好工作。」先是用洋涇浜英文，接著用伊博語和約魯巴語，她看著他們走遠。他們沒有對她說：「您會有很多好孩子。」她聽見他們對前方的女人這麼說。

大使館的大門敞開了，一名穿著棕色制服的男人大喊：「隊伍中前五十位請進來填表格，其他人請改天再來，大使館今天只能處理五十位。」

「我們運氣真好，對不對？」她身後的男人說。

她看著坐在玻璃幕後的簽證面試官，那人的棕色短髮正好垂在套頭上衣下折的衣領上，一雙綠眼掠過銀色鏡框上方看著她的文件，好像其實並不需要戴眼鏡。

「太太，可以請您再說一次您的故事嗎？您並沒有給我什麼細節。」簽證面試官說話時帶著鼓勵的微笑，此時——她知道——此時就是她談起烏岡納的機會。

她看著隔壁窗口好一會兒。那個男人穿著深色西裝，往前傾靠近玻璃幕，就像個虔誠的教徒，彷彿對著玻璃幕後的簽證面試官祈禱。於是她明白了，自己寧可慷慨赴義，死在那個黑色連帽衫男子或者是那個閃亮光頭男子的手裡，也不會對這個面試官或這美國大使館裡的任何人說起關於烏岡納一個字。她絕對不會利用烏岡納來博取同情，交換庇護的簽證。

她的兒子遭到殺害，她只會說這麼多。殺害。她不會提起他的笑聲彷彿是從頭頂先發出來，是那樣高亢而響亮；她不會提起他講起甜點和餅乾時總說「麵麵包包」，不會提起她抱起他時他總會緊緊摟住她的脖子，不會提起她丈夫總說他會成為藝術家，因為他不會用樂高積木來蓋房子，而是把積木排列整齊，變換顏色擺放。他們不配知道這些。

「太太？妳說是政府做的？」簽證面試官問道。

「政府」是個多麼大的標籤，似乎毫無限制，讓人有空間去操弄、推託，再回頭怪罪。三個人，三個就像她丈夫、她兄弟，或在簽證隊伍中排在她後面的男人的人。三個男人。

「對，他們是政府派來的。」她說。

「您能夠證明這點嗎？有什麼證據可以這樣說嗎？」

「有，但是昨天下葬了，我兒子的屍體。」

「太太，您兒子的事我很遺憾，」簽證面試官說。「但是我需要證據，說明您知道是政府做的。不同的種族間一直有紛爭，也有私人暗殺，我需要有政府介入的證據，也需要證據證明您留在奈及利亞會有危險。」

她看著她有些褪色的粉色嘴唇，掀動時會露出小小的牙齒，那對淡粉色嘴唇鑲在一張長了雀斑、毫無表情的臉上。她有股衝動想問問簽證面試官，《新奈及利亞報》上的報導是否值得一個小孩犧牲生命？但是她沒有。她很懷疑這個簽證面試官會不會知道這些民主傾向的報紙，或者在大使館大門外大排長龍的疲累人們。他們站在毫無遮蔽的警戒區內，酷熱的陽光讓人培養出友情、頭痛和絕望。

「太太？美國能夠讓政治迫害的受害者開始新生活，但是需要證據……」

新生活。是烏岡納給了她新生活，她自己都覺得意外，她竟能夠這麼快地接受他賦予她的新身分，他將她塑造成全新的人。「我是烏岡納的媽媽。」她會對他的托兒所這樣說，對他的老師這樣說，對其他孩子的家長這樣說。在他烏姆那其的葬禮上，因為她的朋友和家人都穿著同樣非洲印花的衣服，有人就問：「哪一位是媽媽？」她抬起頭來，略帶警戒地看了一下，才說：「我是烏岡納的媽媽。」她想要回到他們的老家種些仙丹花，這種花的花莖就像針一樣細，她小時候常常吸著玩。只要一株就夠了，他的墓地實在很小，等到開花時，花朵會招來蜜蜂，她想要摘下花朵吸吮，蹲坐在這片土地上，接著她想要把吸吮過的花朵排列整齊，就像烏岡納排列樂高積木那樣。她明白，那就是她想要的新生活。

隔壁窗口的美國簽證面試官對著麥克風講話，音量實在太大了。「先生，我不可能相信你的謊言！」

穿著深色西裝來申請簽證的奈及利亞人開始大喊大叫、比手畫腳，揮動著他塞滿文件的透明塑膠檔案夾。「這麼做是不對的！你們怎麼能這樣對待人？我要到華盛頓去告發你們！」接著一個保安人員過來將他帶走。

「太太？太太？」

是她想像出來，還是那位簽證面試官臉上真的流露出同情？她看見那個女人俐落地將微紅的金髮往後撥，但其實那頭髮並沒有妨礙到什麼，只是靜靜垂在頸間，包覆著她蒼白的臉。她的未來就掌握在那張臉上。那張臉的主人並不了解她，大概不會用棕櫚油做菜，也不知道新鮮的棕櫚油就是鮮明無比的紅色。如果不新鮮了，就會凝結成一塊塊橘。

她慢慢轉過身走向出口。

「太太？」她聽見面試官的聲音從後頭叫著她。

她沒有轉頭回去，而是走出美國大使館，經過那些依然伸出搪瓷盤子來回乞討的乞丐，上了她的車。

顫抖

飛機墜毀在奈及利亞的那一天，也就是奈及利亞第一夫人死亡的同一天，有人大聲敲著烏卡瑪卡在普林斯頓宿舍的門。敲門聲嚇到了她，因為從來沒有人未經事先通知就來找她。這裡畢竟是美國，人們登門拜訪前會先打電話，除了聯邦快遞。不過他們從來不會敲門敲得這麼大聲，而且這敲門聲讓她緊張了起來，因為她從早上開始就在網路上讀著奈及利亞的新聞，過於頻繁地更新網頁，打電話給她在奈及利亞的父母和朋友，泡好了一杯伯爵茶，又放到冷掉，只能再泡一杯。她能找到最早在墜毀地點拍攝的照片有限。每次看到照片時，她都會將筆電螢幕調亮，盯著新聞文章中所謂的「殘骸」——就是一堆燒黑的機體，與四散的白色部件，就像撕碎的紙張，這塊平凡的焦塊曾是一架載滿乘客的飛機，這些人繫上了安全帶，祈禱著；這些人打開報紙閱讀；這些人等著空服員推來推車問：「想吃三明治或蛋糕？」而這些人的其中一個，或許就是她的前男友烏丹納。

敲門聲再次響起，這次更大聲。她從貓眼看出去：是一個矮胖、深色皮膚的男人，看起來好像有點眼熟，但是她記不得自己曾經在哪裡見過他。或許是在圖書館，或往普林斯頓大學校區的接駁車上。她打開門，男人微微一笑，沒有看著她的眼睛，直接開口說話。「我是奈及利亞人，住在三樓，我來是想說可以一起為了我們國家發生的事情祈禱。」

她很意外他居然知道她也是奈及利亞人，居然知道她住在哪間公寓，還過來敲她的門。然而她還是想不起來自己以前在哪裡看過他。

「我可以進去嗎？」他問。

她讓他進來了，讓一個穿著鬆垮普林斯頓運動衫的陌生人進到她的公寓，讓他來一起為了在奈及利亞發生的事情祈禱，而當他伸出手來想握住她的手，她遲疑了一會兒才伸出自己的手。他們祈禱，他以特殊的奈及利亞五旬教派方式祈禱，讓她有點不自在，因為他在每樣東西上都灑滿耶穌的血、綁起魔鬼，將之驅逐至海水中，擊退邪靈。她想要打斷他，對他說實在沒必要這樣弄得又是血又是綑綁，將信仰變成了一種好戰的行為。她想告訴他人生是與自己的奮戰，而不是要擊退揮舞著長矛的撒旦。她想說信仰是一種選擇，要讓我們時時記得自己的良心。但是她沒有說出來，因為這些話從她口中說出聽來就像某種偽善，無法像派崔克神父那樣輕輕鬆鬆為這些話補上一種實話實說的淡然。

「我們的神耶和華，魔鬼的詭計將不得逞，所有鑄造來對付我們的武器將不得興，以耶穌之名！天父，我們將耶穌的寶血灑在奈及利亞所有飛機上；天父，我們將耶穌的寶血灑在空中並毀去一切黑暗的使者……」他的聲音越來越大，一邊搖頭晃腦。她得去尿尿。他們緊握在一起的手讓她覺得很不自在，他的手指溫暖而堅定，而她的不自在促使她開口，他一口氣念了一大段禱詞後，這是第一次停了下來，她說：「阿們！」以為這樣就能結束，但並不是。於是，在他繼續祈禱時她很快又閉上眼睛。他不斷祈禱，只要他說「天父！」或「以耶穌之名！」就會捏緊她的手。

於是她覺得自己開始顫抖，全身開始不由自主抖動著。是上帝嗎？這件事好幾年前曾經發生過一次，當時她才十幾歲，每天早上都會跪在粗糙的木製床架旁認真念著玫瑰經，即使自己完全不懂嘴裡吐出的那些是什麼意思。那次的顫抖只維持了幾秒，她嘴裡還念著聖母經那些難以理解的文字，但將玫瑰經念到最後時她真的感覺到害怕。她很確定那股包圍著她的冷冷白光就是上帝。她只對烏丹納說過這件事。他說，這種體驗是她自己創造出來的，但是我怎麼會呢？她問，我怎麼會去創造一件我根本不想要的體驗呢？但後來她也同意他的說法，她幾乎什麼事都同意他的意見，說這一切確實都是她想像出來的。

而今那股顫抖開始得有多快，結束得就有多快。那個奈及利亞男人也結束了祈禱。「以耶穌偉大而永恆之名！」

「阿們！」她說。

她把手抽走，喃喃說道：「不好意思。」然後急忙跑進廁所。她出來時，他仍站在廚房門邊，舉手投足間帶著點什麼。他雙手交叉在胸前站著的模樣，讓她想起了「謙遜」一詞。

「我叫齊聶度。」他說。

「我叫烏卡瑪卡。」她說。

他們握握手，她覺得很有趣，因為他們剛剛在祈禱時還雙手交握。

「這次空難真可怕，」他說。「太可怕了。」

「是啊。」她沒有告訴他烏丹納或許罹難了，既然都做了祈禱，她希望他可以離開。然而他卻往客廳移動，在沙發一屁股坐下，開始談起他是怎麼聽說了空難的消息，一副她有叫他留下的模樣、一副她需要知道他早上習慣做的事的細節。他說他會聽網路上的ＢＢＣ新聞，因為美國新聞總是沒什麼實質報導。他說他一開始還不知道其實那是兩場不同的意外，第一夫人是在西班牙準備迎接自己的六十歲生日派對，因此去動了腹部拉皮手術，手術結束後不久死亡，飛機則是在飛往阿布賈時起飛後幾分鐘墜毀。

「是啊。」她說完在自己筆電前坐下。「一開始我也以為她死於空難。」

他的身體輕輕晃動，雙手依然交叉在胸前。「實在太巧合了，上帝要告訴我們一些什麼，只有上帝能救我們的國家。」

我們。我們的國家。那樣的詞彙讓他們在共同的失落中團結在一起。有一刻，她覺得自己和他很親近。她更新了網路頁面，仍然沒有生還者的消息。

「上帝必須掌管奈及利亞，」他繼續說：「他們說公民政府會比軍政府好，但看看奧巴桑喬[23]的所作所為，他徹底摧毀了我們的國家。」

她點點頭，想著不知道該怎麼請他離開才不會顯得無禮，但是又不太想這麼做。因為他的存在給了她希望，讓她覺得烏丹納可能還活著。只是她也解釋不了為什麼。

「妳有看到罹難者家屬的照片嗎？有個女人撕碎了自己的衣服，只穿著襯裙到處跑，她說她女兒在那班飛機上，要去阿布賈幫她買布，*chai*！」齊聶度發出一聲長長的吸氣，以

23 奧盧賽貢・奧巴桑喬（Olusegun Obasanjo，1937–）曾任奈及利亞軍政府元首，後來在一九九九年就任奈及利亞總統。

表示悲傷。「我認識的朋友中唯一可能搭上那班飛機的人剛剛發了電子郵件給我，說他沒事——感謝上帝。我的家人都不可能搭到那班飛機，所以至少我不必擔心他們，他們可沒有一萬奈拉能隨便花在買機票上！」他突然發出突兀的笑聲。她更新了網頁，還是沒有消息。

「我有認識的人搭上那班飛機，」她說。「可能搭上了那班飛機。」

「上帝耶和華！」

「是我男友烏丹納——其實是前男友，他在華頓商學院念碩士，上禮拜為了參加表親的婚禮回去奈及利亞。」她說完才發現自己用了過去式，好像他已經死了。

「妳還沒有收到確切的消息？」齊聶度問。

「沒有。他在奈及利亞沒有手機，我也打不通他姊姊的手機，或許她和他在一起。婚禮應該是明天要在阿布賈舉行。」

他們沉默地坐著。她注意到齊聶度的手緊握成拳，身體也不再前後搖晃。

「妳上次和他說話是什麼時候？」他問。

「上禮拜。他要回奈及利亞前打給了我。」

「上帝是信實的，上帝是信實的！」齊聶度音量更大。「上帝是信實的，妳聽到了嗎？」

烏卡瑪卡有些嚇到，回答道：「聽到了。」

電話響了，烏卡瑪卡盯著她放在筆電旁邊的那具黑色無線電話，很怕去接。齊聶度站起身，作勢去接，她說：「不要！」然後接起電話走到窗邊。「喂？喂？」不管電話那頭是誰，她都希望對方能有話直說，不要先說一堆有的沒的。是她母親。

「是媽媽，烏丹納沒事，琪卡歐迪莉剛剛打電話給我說他們沒搭上飛機，他沒事，他們本來要搭那班飛機但錯過了，感謝上帝。」

烏卡瑪卡把電話放在窗框上開始啜泣。起先，齊聶度只是扶著她的肩膀，後來將她擁進懷裡。她讓自己冷靜下來好長一段時間，才告訴他烏丹納沒事，接著又回到他懷裡，很意外自己竟有一種熟悉的安心感。她很肯定他馬上就理解了她為什麼哭泣，為了沒發生的事情而放下心、為了可能發生的事感到憂鬱、為了仍未解決的事情生了氣。自從烏丹納在拿索街上的冰淇淋店裡說要與她結束關係，他們仍未釐清一切。

「我就知道上帝會拯救我們！我一直在心中向上帝祈禱要保他平安。」齊聶度安撫著她的背說。

後來她開口要齊聶度留下來吃午餐，在她用微波爐加熱燉菜時問他：「既然你說是上帝保護烏丹納平安，那麼就表示上帝也該為那些死去的人負責嗎？畢竟上帝也該保佑他們平安。那麼這不就代表上帝偏愛某些人，勝過其他人嗎？」

「上帝的行事與我們不同。」齊聶度脫下他的球鞋放在書架旁邊。

「這沒道理啊。」

「上帝總有祂的道理，只是不一定與人類的道理相同。」齊聶度一邊說一邊看著她書架上的照片。她也問過派崔克神父這類問題，只是，派崔克神父會同意她的想法，上帝不是回回都講道理，然後他會聳聳肩，就像她第一次見到他時那樣，在烏丹納與她分手的那個夏末日子裡。她和烏丹納坐在湯瑪斯甜品店裡喝草莓和香蕉奶昔，他們每個禮拜天去買完生活用品後都會來這裡。烏丹納稀哩呼嚕把他的奶昔喝完，告訴她他們的關係老早就結束了，他們在一起只是出於習慣，她看著他，等著他笑出聲，只是他並不會開這樣的玩笑。他用的詞彙是「固著」，沒有別人介入，但是他們的關係已經變得固著。固著了，她卻已依著他的規劃安排自己的人生三年；固著了，她卻已開始纏著她當議員的叔叔，希望畢業後他在阿布賈幫她找個工作，因為烏丹納念完研究所後想要搬回去，開始打造他所謂的「政治資本」，準備參選阿南布拉州州長；固著了，而她現在煮燉菜時卻會加辣椒，因為他喜歡；固著了，而他們卻經常聊著以後會生下的小孩，她已打定主意要生一男一女，女孩就叫烏萊麗，男孩就叫烏多卡，他們的名字都會以烏開頭。她離開湯瑪斯甜品店，開始沿著拿索街漫無目的走著，又回頭一直走，直到經過一座灰石砌成的教堂，她隨意走了進去，看見一個戴著白領的男人正準備坐進速霸陸汽車。她對他說，人生一點道理也沒有，我們卻仍抱持信仰。抱持信仰。「抱持信仰」就像說著要很高、身材又好，她希望自己是高䠷而曲線玲瓏，但當然，她不是。她很矮，背部扁平，就算她穿著布料超緊繃的 Spanx 塑身衣，小腹那塊軟肉卻總頑固突起。她這樣說的時候，派崔克神父笑了。

「『抱持信仰』其實和說要變高、身材變好是不一樣的，比較像是說，有小腹突起也沒關係、要穿 Spanx 也沒關係。」他說。她也笑了，很驚訝這位白髮蒼蒼的胖白人居然知道

Spanx 是什麼。

烏卡瑪卡把燉菜舀進齊聶度盤子上熱好的白飯旁。「如果上帝偏愛某些人勝過其他，沒道理應該讓烏丹納躲過一劫，他不可能是那班飛機訂了位的乘客中最好或最善良的人。」她說。「妳不能把人類的邏輯套用在上帝身上。」齊聶度拿起她放在他盤上的叉子。「請給我湯匙。」

她遞了湯匙給他。烏丹納將會覺得齊聶度很有趣，一定會說，像齊聶度這樣用湯匙吃飯太粗俗，而且他是用所有指頭抓著湯匙。烏丹納有這種能力，只要看人一眼，從姿勢和鞋子，就能知道他們的童年過得如何。

「那是烏丹納，對嗎？」齊聶度以手示意著柳條相框裡的照片。烏丹納的手臂環著她的肩膀，兩人都面對鏡頭微笑。這張照片是在費城一家餐廳某個陌生人拍的，那個陌生人說：「你們看起來真是登對，結婚了嗎？」烏丹納回答：「還沒。」微笑時嘴唇歪了一邊，他看到不認識的女孩都會這樣曖昧地笑。

「對，那就是傳說中的烏丹納。」烏卡瑪卡裝了個鬼臉，拿著自己的盤子在小小的餐桌邊坐下。「我老是忘記要拿掉那張照片。」這是謊話。過去這個月，她經常盯著這張照片，有時則不太想看到。只要想到最後總得把照片拿掉，她就覺得害怕。她覺得齊聶度知道自己在說謊。

「你們在奈及利亞認識的嗎？」他問。

「不是，我們三年前在紐哈芬我姊姊的畢業派對上認識的，她一個朋友帶他一起去，他在華爾街工作，我已經在這裡念研究所了。可是我們在費城附近有很多共同的朋友，他大學念的是賓州大學，我念的是布林莫爾。有趣的是，我們有這麼多共通點，不知怎地，在那之前卻一直沒有見過面。我們兩人大概是同個時間到美國來念大學，結果根本同一天在拉各斯同一間中心考SAT！」

「他看起來很高。」齊聶度說，他仍站在書架旁，手裡穩穩捧著盤子。

「他有一百九十五公分。」她聽見自己話中的驕傲。「那張照片裡他沒那麼好看。他長得很像托馬斯．桑卡拉，我青少年時期還迷戀過那個人。你知道的，就是布吉納法索的總統，是受歡迎的那一個，被殺掉的──」

「我當然知道托馬斯．桑卡拉。」齊聶度仔細看了照片好一會兒，就像是想看看究竟哪裡有像到以英俊出名的桑卡拉。他說：「我曾經在外面的停車場看過你們兩個，我知道你們是從奈及利亞來的，本來想過去自我介紹，但我當時趕著要去搭接駁車。」

烏卡瑪卡很高興聽到他這麼說，他曾經看過他們一起的模樣，使得那段關係變得更加具體。過去三年來與烏丹納同床共枕、依照烏丹納的想望規劃自己的未來、在菜裡加辣椒，這一切畢竟不只是她的想像。她壓抑著自己不去多問，不問齊聶度究竟記得多少：他有沒有看到烏丹納的手放在她腰間？有沒有看到烏丹納對她說了什麼暗示的話？有沒有看到他們的臉靠在一起？

「你什麼時候看到我們的？」她問。

「大概兩個月前，你們正要去開車。」

「你怎麼知道我們是奈及利亞人？」

「我向來能看出來。」他在她對面坐下。「不過今天早上我是看信箱上的名字才知道妳住在哪一間房。」

「我現在想起來了，我有在接駁車上看過你。我知道你是非洲人，但還以為你可能是迦納來的，你看起來太溫和，不像奈及利亞人。」

齊聶度笑了。「誰說我溫和了？」他刻意挺出胸膛，嘴裡還塞滿了飯。烏丹納會指著齊聶度的額頭說，就算不聽齊聶度講話的口音，也可以知道他應該是念村莊裡的社區中學，就著燭光讀字典學的英文，只要看他凸起又滿布青筋的額頭就知道。烏丹納也是這樣說著華頓商學院的奈及利亞學生，他常常不理會他們的交友邀請，從來不回覆他們的電子郵件，這種學生從額頭和粗俗的舉止就露了餡，實在就是沒有資格。沒有資格。烏丹納常常這樣說，她本來覺得這樣很幼稚，但去年自己也開始這樣講話了。

「燉菜太辣了嗎？」她問，因為她發現齊聶度吃得很慢。

「沒關係，我習慣吃辣了，我是在拉各斯長大的。」

「我認識烏丹納前從來不喜歡吃辣，甚至現在也不確定自己喜不喜歡。」

「但是妳做菜還是會加。」

她不喜歡他這樣說，也不喜歡他看著她後又看著盤子時臉上的面無表情，讓人無法解讀。她說：「我想我現在也習慣了吧。」

「妳可以查一下最新的消息嗎？」

她在筆電上按了個鍵，更新網頁。奈及利亞空難全數罹難。政府已經證實，飛機上一百一十七人全部死亡。

「沒有生還者。」她說。

「天父，掌管我們吧。」齊聶度說，大聲呼出氣來。他走過來，坐在她身旁看著她的筆電，兩人身體挨得很近，他呼氣時嘴裡都是她的辣椒燉菜的氣味。從失事地點傳來更多照片，烏卡瑪卡看著一名沒穿上衣的男人扛著一塊金屬，看起來像扭曲的床架，無法想像那究竟會是飛機上的哪個部分。

「我們的國家裡有太多的罪，」齊聶度站起身說。「太多腐敗，太多我們必須為之祈禱的事。」

「你是要說墜機是上帝的懲罰嗎？」

「是懲罰，也是警鐘。」齊聶度吃下最後一口飯，她發現他會用牙齒把湯匙剔乾淨，並因此感到煩躁。

「我十幾歲時會每天上教堂，早上六點去參加彌撒。我是自己去的，我家人的星期天就只是一般星期天。」她說：「有一天我就不去了。」

「每個人都會有信仰危機，很正常。」

「不是信仰危機。教堂突然變得和聖誕老人一樣，小時候從來不會去質疑，但是等你長大就會明白，那個穿著聖誕老人衣服的男人其實就是住在同一條街上的鄰居。」

齊聶度聳聳肩，好像不太想理會她這種墮落又矛盾的想法。「飯吃完了嗎？」

「還有。」她拿起他的盤子去熱了更多飯和燉菜，把盤子遞給他時說：「我不知道如果烏丹納死了我會怎麼樣，甚至不知道我會有什麼感覺。」

「妳只需要感謝上帝。」

她走到窗邊，調整一下百葉窗。時節才剛入秋，她可以看見窗外林立在羅倫斯道兩旁的樹木，葉片顯現出綠色交錯紅銅的景色。

「烏丹納從來沒有對我說『我愛妳』，因為他覺得這樣很老套。有一次，他為了某件事悶悶不樂，我說我很遺憾他這麼想，結果他卻開始大吼大叫，說我不應該說『我很遺憾你有這種感覺』這種話，因為這樣很沒意思。他以前會讓我覺得，我不管說什麼都不夠機智、不夠諷刺、不夠聰明。他總是很努力要顯得與眾不同，即使有時根本也沒差，感覺就像他是在演出自己的人生，而不是活出自己。」

齊聶度沒有回應，嘴裡塞滿食物。有時他會用手指撥弄著，在湯匙上多堆一點米飯。

「他知道我喜歡待在這裡，但老是對我說普林斯頓這學校很無聊，和社會脫了節。如果他覺得我太過喜歡某件事，而那件事和他無關，就老是會找什麼方法來貶低那件事。怎麼有人會愛著某個人，卻又想要掌管那個人能夠擁有多少幸福呢？」

齊聶度點點頭。她看得出他既能理解她，也願意支持她。接下來幾天的天氣已經變涼，於是她穿上及膝長靴。她會搭著接駁車去學校，在圖書館裡研究自己的論文題目，找指導教授開會，在大學的寫作課教課，又或者，會有學生來找她詢問作業可不可以晚點交，然後她晚上回到公寓裡就會等著齊聶度來找她，這麼一來，她就可以準備米飯、披薩或義大利麵給他吃，這麼一來，她就可以談談烏丹納。她向齊聶度說起那些她不能或不想對派崔克神父說的事，她喜歡齊聶度不太說話，看起來就像他不只在聽她說話，同時也在思考著她所說的話。有一次，她不經意考慮起和他發展一段關係，利用這種經典的失戀後時光趁虛而入。但是他有一種清新而不帶性欲的特質，這種特質讓她覺得自己不必在眼下多撲點粉，好遮住黑眼圈。

她的公寓大樓裡住滿了其他外國人，她和烏丹納以前會開玩笑說，都是因為外國人對於身處新環境的不確定性，才造成他們對彼此冷漠以對。他們在走廊上或電梯裡遇到別人都不打招呼，坐在校園接駁車上的五分鐘車程裡也不和別人對上眼。這些人都是來自肯亞、中國和俄羅斯的天才明星學生，這些研究生和學者將來都會成為世界的佼佼者，整治好全球的問題，並重新規劃。因此，某天她和齊聶度一起走到停車場的路上，她很意外看到他揮手向某人打招呼。他們互相問好，他告訴她對方是來自日本的博士後學者，有時會開車載他一起去商場，而那個德國來的博士研究生有個兩歲女兒，總是叫他秦多。

「你是和他們一起上課才認識的嗎？」她問，然後又說：「你念哪個研究所？」

他曾經聊過和化學有關的事，她也就認為他應該是在念化學相關的博士學位，所以才從來沒有在校園裡見過他。那些化工實驗室都離她很遠、很陌生。

「不是，我是來住這裡才認識他們的。」

「你在這裡住多久了？」

「不久，春天才來的。」

「我剛來普林斯頓的時候不太確定是不是要住在專供研究生和學者的宿舍，但是我現在也滿喜歡的。烏丹納第一次來找我的時候，說這棟四方大樓實在醜又無聊。你以前有住過研究生宿舍嗎？」

「沒有。」齊聶度沉默了一會兒，又撇過頭。「我知道我得努力在這棟大樓裡交朋友，不然要怎麼去買生活用品或上教堂呢？多謝上帝，還好妳有車。」他說。

她喜歡他說了「多謝上帝，還好妳有車」，因為這麼說就代表了友情，代表他們會有很長一段時間一起行動，代表有人能夠聽她聊烏丹納的事。

星期天的時候，她會載齊聶度到他在羅倫斯威爾的五旬節教派教堂，自己再到拿索街上的天主教堂，禮拜過後，她去接他，他們就會一起到麥加佛萊超市買生活用品。她注意到他買的東西很少，而且會仔細收集促銷傳單。以前烏丹納根本不屑一顧。

她把車停在野燕麥蔬果店前，她和烏丹納以前都會來這裡買有機蔬菜，齊聶度一臉不可思議地搖搖頭。他不懂怎麼會有人願意多花錢去買一樣的蔬菜，就因為種植蔬菜時沒有用農藥。他仔細看著裝在大塑膠分裝器裡的穀粒，她則在一旁挑綠花椰菜裝進袋裡。

「這個無農藥、那個也無農藥，大家都把錢花在無謂的事情上。他們為了活下去而吃藥，那些不也是化學物嗎？」

「齊聶度，你知道這不能混為一談。」

「我看不出來哪裡不一樣了。」

烏卡瑪卡笑了。「其實不管哪種對我都沒差，但烏丹納總是希望我們買有機蔬果。我想他是在什麼地方讀過文章，說像他那種人就該買這些東西。」

齊聶度看著她，臉上又是那種無法解讀的冷漠表情。他是不是瞧不起她？想要判定一下自己對她究竟是何想法？

她打開後車廂放好購物袋時說：「肚子好餓，我們要不要去哪裡吃個三明治？」

「我不餓。」

「我請客，還是說你想吃中國菜？」

「我在禁食。」他靜靜地說。

「喔。」她十幾歲時也試過禁食，一整個星期從早到晚只喝水，請求上帝幫助她在高中考試取得好成績。她考了第三名。

「難怪你昨天都沒吃飯。」她說：「那我吃東西的時候你可以和我一起坐嗎？」

「當然。」

「你常常禁食嗎？還是說你是特別為了什麼要祈禱？還是說我這個問題問得太私人了？」

「妳這個問題問得太私人了。」齊聶度裝出一副嚴肅的模樣開玩笑道。

她倒車開出野燕麥時搖下車窗，停下車讓兩個沒穿外套的女人先走過去。她們的牛仔褲很緊身，風將她們的金髮吹到一邊。時節已屆深秋，這樣溫暖的天氣倒是很不尋常。

「秋天有時會讓我想起哈麥丹季。」齊聶度說。

「我知道，」烏卡瑪卡說：「我愛哈麥丹季。我想是因為聖誕節，我喜歡聖誕節時的乾燥與塵埃。去年聖誕節我和烏丹納回家一趟，他和我的家人在尼默過新年，我叔叔一直盤問他：『年輕人，你什麼時候才要帶你的家人過來拜訪我們？你在學校裡學了什麼？』」烏卡瑪卡模仿著那種低沉而粗啞的聲音，齊聶度笑了。

「你離開家以後有回去探望過嗎？」烏卡瑪卡一問出口就後悔了，希望自己沒問。他當然負擔不起回家探望的機票錢。

「沒有。」他的語氣很平淡。

「我本來打算念完研究所就要搬回去，在拉各斯的非政府組織工作，但烏丹納想要從政，所以我就開始計畫改住在阿布賈。你在這裡讀完書之後會搬回去嗎？我甚至可以想像你拿了化學博士學位，之後在尼日河三角洲其中一家石油公司工作能賺到多少錢——」她知道自己說話速度太快，講得又實在是含糊不清，想要彌補自己先前感到的不自在。

「我不知道。」齊聶度聳聳肩。「我可以換個電臺頻道嗎？」

「當然。」她看著他把頻道從公共廣播換成一個播放吵鬧音樂的調頻電臺，接下來雙眼便一直盯著窗外。她感到他的心境不同了。

「我想我不吃三明治了，改去吃你最喜歡的壽司吧。」她用嘲弄的語氣說。她有一次問他喜不喜歡壽司，他說：「老天爺啊，我可是非洲人，我只吃煮過的食物。」她又說：「你改天真該試試看壽司，你都住在普林斯頓了，怎麼能不吃生魚片呢？」

他連笑也不笑。她慢慢開到三明治店，跟著廣播中的音樂過度用力地點頭，因為他似乎很喜歡這音樂，她也想表現出很喜歡的樣子。

「我去買個三明治就好。」她說，他則說自己要在車上等。她回到車上時拿著用鋁箔紙包起來的雞肉三明治，裡頭飄出大蒜的香味。

「妳的電話響了。」齊聶度說。

她拿起自己放在排檔上的手機看了一下，是和她同研究所的朋友瑞秋，大概是打電話來問她要不要去聽明天東派恩廳那場關於道德與小說的講座。

「真不敢相信烏丹納居然都沒打電話給我。」她說完後發動車輛。他在奈及利亞的時候寄了一封電子郵件感謝她的關心，他已把她移出了自己即時通訊的好友名單，所以她無法得知他什麼時候上線。然後他也沒打電話。

「或許他不要打最好，」齊聶度說：「這樣妳就能往前走了。」

「沒有那麼簡單。」她的語氣有一點不高興，因為她希望烏丹納打電話、因為那張照片還放在她書櫃上、因為齊聶度聽起來一副只有他知道什麼對她最好的模樣。他們回到公寓大樓，齊聶度已把自己的購物袋拿回他房間，又過來找她，這時她才說：「你知道嗎，事情真的沒有你想的那麼簡單，你不知道愛上一個混蛋是什麼感覺。」

「我知道。」

她看著他。那天下午，他第一次敲她的房門時也是穿著同樣的衣服，一件牛仔褲搭一件領子鬆垮的舊汗衫，正面印著橘色的普林斯頓字樣。

「你從來沒有提起這種事。」她說。

「妳從來沒有問。」

她把三明治放在盤子上，坐在小餐桌前。「我不知道可以問，我以為你會直接告訴我。」

齊聶度沒有說話。

「那就告訴我吧，對我說說這段戀情，是在這裡還是在家鄉？」

「在家鄉，我和男友在一起快兩年。」

那一刻沉默下來。她拿起紙巾，發現自己早感覺到了，或許從一開始就知道。不過她想著，或許他認為她應該表現出驚訝，於是她說：「喔，你是同志？」

「曾經有人對我說我是她認識過最直的同志，我居然喜歡她這樣講，所以因此討厭自己。」他微笑著，看起來像是鬆了一口氣。

「那就和我談談這段戀情吧。」

那男人的名字是阿比德米，齊聶度說他名字的方式有一種味道，阿比德米，讓她想起那種輕輕按在痠痛肌肉上的感覺，是一種自己造成滿足的痛。

他慢慢說起這件事，偶爾修正幾個她覺得無關緊要的細節：阿比德米帶他到那個私人的同志俱樂部，是星期三還是星期四呢？他們在那裡和某個前任國家元首握手寒暄。她想著，他大概不太常從頭到尾講完整個故事，或許從來沒有講過。他一邊說，她一邊吃完三明治，坐到他旁邊的沙發上，對於阿比德米的細節有種奇怪的懷念感：他喝健力士斯陶特啤酒、派司機去向路邊的小販買烤大蕉、上的教堂是五旬節教派的磐石之屋教堂、喜歡雙四餐廳的黎巴嫩炸肉丸、會打馬球。

阿比德米是銀行家，是大人物的兒子，到英國上大學，就是那種褲頭上繫著顯眼設計師牌子鎖扣皮帶的人。那天他走進一家電信公司位於拉各斯的辦公室，就繫著這樣的皮帶，齊聶度在那裡當客服人員。他的態度可說相當無禮，問道不能和更高層的人說話嗎？但是齊聶度並沒有忽略兩人之間交會的眼神，自從他在中學時和一名校隊隊長談了一場初戀後，再也沒有感覺過這種令人頭暈目眩的興奮。阿比德米拿了自己的名片給他，簡單說了句：「打電話給我。」接下來兩年，這就是阿比德米經營兩人感情的方式。他想知道齊聶度去了哪裡、做了什麼。沒有問過他就買了輛車給他，結果讓他落入尷尬的境地，必須想辦法向家人朋友解釋為什麼突然買了一輛本田汽車。出發前一天才告訴他要一起去卡拉巴爾和卡杜納玩。如果齊聶度沒有接到他的電話，便會發惡毒的簡訊給他。但是，齊聶度還是喜歡這種占有欲，這段關係的活力吞噬了他們兩人，直到阿比德米說他要結婚了，她的名字是凱米，雙方家長都認識了很久，他們一直都有默契兩人遲早要結婚。雖然各自沒有明說，但都清楚，而或許，如果齊聶度沒有在阿比德米父母的結婚週年派對上見到凱米，一切都不會改變。他並不想參加這場派對，總是避開阿比德米的家族活動，但是阿比德米很堅持，說只有齊聶度也在場他才能熬過那長長的夜晚。阿比德米要向凱米介紹齊聶度時，說話的聲音像是帶著笑，讓人聽來有點擔心，他說齊聶度是「我非常好的朋友」。

「齊聶度喝得比我還要多很多。」阿比德米對凱米說，凱米有一頭長長的編接髮，穿著一襲無肩帶的黃色洋裝。她坐在阿比德米旁邊，不時主動伸手幫他清理掉襯衫上的什麼東西、把酒杯裝滿、手放在他膝蓋上，同時整個身體依偎著、向著他，彷彿準備好隨時起身，去做一切事情來取悅他。「妳說我會長出啤酒肚，是嗎？」阿比德米把手放在她大腿上說：「我告訴妳，這傢伙的會比我還要早變大。」

齊聶度僵著臉笑了笑，緊張得頭痛，對阿比德米的怒氣就要爆發。齊聶度告訴烏卡瑪卡這件事時，說那晚的憤怒如何「擴散到他腦中」，她注意到他變得多麼緊繃。

「你希望自己沒有見到他的妻子。」烏卡瑪卡說。

「不，我希望他內心備受煎熬。」

「他一定有。」

「他沒有。那天我看著他，看他和我們兩人都在那裡的樣子，喝著斯陶特啤酒，對她開我的玩笑，也對我開她的玩笑。我知道他當天晚上上床會睡得很安穩。如果我們繼續維持關係，他會每天晚上來找我，再回到和她一起的家中安睡。我有時會希望他睡不好。」

「是你提分手的嗎？」

「他很生氣，他不懂為什麼我不肯照他想要的做。」

「怎麼會有人說他愛你，卻又想要你去做只對他們有利的事情呢？烏丹納也是那樣。」

齊聶度捏了捏放在大腿上的抱枕。「烏卡瑪卡，並不是一切都和烏丹納有關。」

「我只是說阿比德米聽起來有點像烏丹納，我想我就是不理解那樣的愛。」

「也許那不是愛。」齊聶度說著，突然從沙發上站起身來。「烏丹納對妳做了這個、對妳做了那個，但是妳為什麼要放任他呢？為什麼要放任他？妳有沒有想過這不是愛？」

這段話真是冷漠得過分，有一下子，烏卡瑪卡覺得很害怕，然後她生氣了，叫他離開她的公寓。

✹

那天之前她就開始注意到齊聶度有些奇怪，他從來沒有邀請她去自己的宿舍房間，有一次，他告訴她自己住在哪間房後，她看著那裡的信箱，意外發現信箱上居然沒有貼上他的姓氏，宿舍舍監非常嚴格堅持所有住戶都要在信箱上貼名字。他似乎也從來沒有去學校，她唯一問他為什麼的那次，他故意打迷糊仗，讓她知道他並不想談，她也就不追究了，因為她懷疑他可能在學業上遇到了問題，或許是與某個不知道會往哪裡發展的論文題目掙扎著。於是，在她要他離開她房間後一個禮拜（她一個禮拜沒和他說話了），她走上樓去敲他的房門，他開門的時候一臉謹慎地看著她。她問：「你在寫論文嗎？」

「我很忙。」他的回答很簡短，當著她的面把門關上。

她在那裡站了一下才回到自己的房間，她告訴自己再也不要和他說話，他就是個鄉下來的、粗俗又無禮的傢伙。但到了星期天，她已經習慣先載他到羅倫斯威爾的教堂，再去自己在拿索街的教堂，她希望他會來敲她的門，但心裡也清楚他不會。她突然害怕起他會去問同樓層的其他人載他到教堂，而因為她感到自己的恐懼變成了慌張，便跑上樓去敲他的房門。他花了一點時間才把門打開，一副身心俱疲的模樣，臉都沒洗，又如死灰一般。

「對不起，」她說：「我問你是不是在寫論文，只是我因為太蠢，不敢直接說對不起。」

「下次如果妳想說對不起，直接說對不起就好了。」

「你要我載你去教堂嗎？」

「不用了。」他舉手示意她進來，公寓房間裡幾乎沒什麼家具，只有一張沙發、一張桌子和一臺電視，書本都一本本堆高在牆邊。

「聽著，烏卡瑪卡，我得告訴妳發生了什麼事，坐。」

她坐下，電視上正在播卡通，桌上放著一本朝下攤開的聖經，旁邊放著一杯看起來像咖啡的東西。

「我現在是非法居留，簽證三年前就過期了，這間宿舍是一個朋友的，他要去祕魯一個學期，就說我應該過來暫住，努力解決自己的問題。」

「你不是讀普林斯頓的？」

「我從來沒有說我是啊。」他轉過身把聖經闔上。「我隨時都會收到移民局的遣返通知，家鄉那邊沒有人知道我真正的狀況。自從我丟了工地的工作，就沒辦法寄太多東西回去。我老闆是個好人，會偷偷付我薪水，但是他說，現在政府在討論要突襲工作場所，他也不想惹麻煩。」

「你有沒有試過找律師？」她問。

「找律師幹麼？我沒有案子。」他咬著下脣。她以前從來沒有看過他這麼狼狽的模樣，臉上的皮膚因為乾燥而脫皮，眼下還有陰影。她沒有繼續追問，因為她知道他不願意再向她多說。

「你看起來糟透了，自從我上次見到你後你就沒吃多少東西吧。」她說，想著過去幾個星期她老是談烏丹納談個沒完，齊聶度卻在擔心要被遣返。

「我在禁食。」

「你確定不想要我載你去教堂嗎？」

「反正時間也太晚了。」

「那就和我去我的教堂吧。」

「妳知道我不喜歡天主教教堂，總是太多沒必要的跪拜、站立、崇拜偶像。」

「就這一次，我下禮拜和你一起去你的教堂。」

他終於起身去洗臉，換上一件乾淨的汗衫。他們默默走去車上，她從來沒想過要告訴他第一天與他一起祈禱時她如何顫抖。不過，因為現在她很希望能有些什麼特別的表示，來告訴他他並不孤單，告訴他對未來感到如此不確定、無法控制明天會發生什麼事，她明白那一定有什麼特殊的感覺。然而事實上是因為她不知道還能說什麼，於是她告訴他那次的顫抖。

「很怪，」她說：「或許只是因為我一直壓抑著對烏丹納的焦慮。」

「這是上帝給的徵兆。」齊聶度堅定地說。

「上帝為什麼要給我這種顫抖的徵兆？」

「妳不能再把上帝當成人一樣在思考，上帝就是上帝。」

「你的信仰就好像在抗爭。」她看著他。「為什麼上帝就不能用比較不模糊的方式顯現，一次就說清楚、講明白？上帝為什麼要搞得像謎團一樣？」

「因為這就是上帝的本質。如果妳能理解上帝的本質和人類的本質不同這個基本概念，就說得通了。」齊聶度說著，便打開車門下車。擁有他這樣的信仰該是多麼奢侈，烏卡瑪卡想著，如此不帶批判、如此決絕、如此不耐煩——但是其中也有一點什麼脆弱無比的事物，感覺就像齊聶度只能用極端的方式來認知信仰，彷彿承認了中間的模糊地帶，就有可能失去一切。

「我懂你的意思。」她說，雖然她完全不懂。雖然，在多年前就是他所說的這種答案讓她決定不再上教堂，一直到那個星期天，烏丹納在拿索街上的冰淇淋店裡用了「固著」這個詞，她才回到教堂裡。

派崔克神父站在灰石教堂外頭歡迎群眾，在接近中午的晨光裡，他的頭髮映出耀眼的銀光。

「派神父，我帶了一個新人來天主教的地牢。」烏卡瑪卡說。

「地牢裡總有空位。」派崔克神父說，他和善地與齊聶度握手，歡迎他來。

教堂裡很暗，迴盪著回音、謎團，還飄著淡淡的蠟燭氣味。他們並肩坐在中間排的座位，旁邊是一個抱著嬰兒的女人。

「你喜歡他嗎？」烏卡瑪卡低聲問。

「那個神父嗎？看起來還可以。」

「我是說喜歡他那種喜歡。」

「喔，上帝耶和華！當然不喜歡。」

她讓他微笑了。「齊聶度，你不會被遣返的，我們會想辦法，我們一定會。」她捏了捏他的手，知道他聽到她強調說「我們」而覺得高興。

他傾前靠近她。「妳知道嗎？我也迷戀過湯瑪斯・桑卡拉。」

「不會吧！」笑意開始在她胸膛醞釀。

「我原本連西非有個國家叫做布吉納法索都不知道，然後有一天，我的中學老師講到他，還拿了一張照片給我們看，我永遠不會忘記自己居然那樣瘋狂愛上了一張報紙上的照片。」

「別告訴我阿比德米長得有點像他。」

「其實還滿像的。」

他們一開始還壓抑著自己的笑聲，最後放聲笑了出來，開心地靠在彼此身上，而坐在他們旁邊的那個女人則抱著嬰兒看著他們。

唱詩班開始唱歌，就像平常的禮拜天，神父會在彌撒開始時以聖水來賜福給教眾。派崔克神父走來走去，拿著一個看起來像是大型灑鹽罐的東西把水灑在人們身上。烏卡瑪卡看著他，覺得在美國的天主彌撒真是無趣，如果是在奈及利亞，神父就會拿著一根從芒果樹折下來的茂密綠枝，後面跟著一個急急忙忙、滿頭大汗的輔祭，提著一大桶聖水，神父將枝葉浸到水桶裡，邁開步伐，走來走去潑著水、旋轉不停，聖水就像雨水一樣傾盆，人們會淋得一身溼，他們會一臉微笑，畫著十字，感覺自己受到無比的福澤。

媒人

我的新婚丈夫從計程車上把行李箱拿下來，帶著我走進褐砂石砌成的公寓樓房，踏上一段陰鬱的樓梯，又穿過窒悶的走廊，地毯已磨損殆盡，我們在一扇門前停下。門上貼著黃色金屬塑成的號碼「2B」，外觀看來不甚整齊。

「我們到了。」他說。他對我提起我們的家時，用的詞彙是「房子」。我想像一條平順的車道，在顏色如小黃瓜般翠綠的草坪之間蜿蜒，通向一道門，那道門後接著一道走廊，兩旁的牆上掛著增添穩重氛圍的畫作，每逢星期六晚上，奈及利亞國家電視臺會播映美國電影，電影裡新婚的白人夫妻就住在這樣的房子裡。

他打開客廳的燈，中央孤孤單單放著一張米色沙發，斜放的模樣就像不小心落在那裡。屋子裡很熱，空氣中瀰漫著一股濃重的老舊發霉味。

「我帶妳四處看看。」他說。

比較小的那間臥室裡只在角落堆放了一張床墊，比較大的臥室有一張床和化妝臺，鋪了地毯的地板上有一具電話。但這兩間房間都缺乏了空間感，就像四面牆壁對彼此的存在感到不自在，畢竟牆與牆之間的東西是這麼的少。

「既然妳來了，我們要再多買一些家具。只有我一個人的時候不需要那麼多。」他說。

「好。」我說，覺得有些頭暈，從拉各斯飛到紐約要十個小時，而等待美國海關的官員搜查我的行李箱又沒完沒了，讓人頭昏腦脹，感覺頭殼裡塞滿棉花球。官員檢查我的食物時，露出一副那些是不是蜘蛛的表情，她戴著手套，戳著裝在塑膠袋裡的埃古斯粉、乾南非葉和貝南辣椒籽，最後抓起我的貝南辣椒籽，好似擔心我會種在美國，根本不管這些種籽已經在太陽底下曝曬好幾星期，硬得就像單車安全帽。

「*Ike agwum*（我累壞了）。」我邊說邊把隨身包包放在臥室地板上。

「對，我也累壞了，」他說：「我們該睡了。」

我躺在鋪了床單的柔軟床鋪上，全身緊緊蜷縮，就像艾克叔叔生氣時握起的拳頭，希望自己不必履行妻子的職責。過了一會兒，直到聽見新婚丈夫發出規律的呼聲才放鬆下來。起先就像他從喉嚨發出低沉的咕噥聲，然後以高音結尾，聽起來就像下流的口哨聲。那些媒人幫妳安排婚事時可沒警告妳會有這種事，沒提起過這裡的房子結果只是間欠缺家具的公寓。

我醒來是因為丈夫翻身將沉重的身體壓在我身上，他的胸膛緊貼著我的胸部。

「早安。」我睜開濃濃睡意的眼睛說道，他咕噥一聲，可能是在回應我的問好，或是他正在進行的某種儀式一部分。他撐起自己的身體，把我的睡衣拉到腰部以上。

「等等……」我開口，好脫掉自己的睡衣，這樣看起來才不致太過慌張，但他已把嘴壓在我的嘴唇上。又是一件媒人沒告訴妳的事：這張嘴會告訴妳他睡得如何，感覺就像嚼太久的口香糖那樣黏糊糊，聞起來像家鄉歐格比提市場裡的垃圾場。他的呼吸隨著他的動作加快，好像因鼻孔太窄，呼氣得從嘴巴出來。終於，他停下了衝刺，整個人的重量壓在我身上，就連雙腿也是。我一直沒有移動，等到他從我身上爬下來、走進廁所，我才把睡衣放下，拉平臀部上方的部分。

「早安，寶貝。」他回到臥室裡說，把電話遞給我。「我們得打電話給妳叔叔嬸嬸，說我們平安抵達了，講幾分鐘就好。打電話回奈及利亞一分鐘就要快一美金。撥〇一一，再二三四，再撥電話號碼。」

「*Ezi okwu*？這麼多號碼？」

「對，先撥國際電話碼，再是奈及利亞的國碼。」

「喔。」我按下十四個號碼，腿間的溼黏讓我覺得很癢。

電話線因為靜電而劈啪作響，連通著大西洋另一岸。我知道艾克叔叔和愛姐嬸嬸的聲音會很和善，他們會問我吃過了沒有、美國的天氣如何。但是，不管我回答什麼他們都不會聽進去，因為他們只是為了問而問。艾克叔叔可能會對著話筒微笑，當他告訴我他幫我找了個完美丈夫時就是揚起這樣的微笑，讓他整張臉都鬆垮下來。上一次我看到他露出這樣的微笑是在幾個月前，奈及利亞的超級鵰隊在亞特蘭大奧運奪得足球金牌。

「在美國當醫生。」他笑著說：「還有什麼條件比這個更好？歐弗戴爾的母親在幫他物色妻子，很擔心他會娶美國人。他已經十一年沒有回家了。我把妳的照片給她，好一陣子沒聽到她的消息，還以為他們找到別人，結果……」艾克叔叔越說聲音越小，笑容越咧越開。

「是的，叔叔。」

「他六月初就會回家，」愛姐嬸嬸說：「你們在婚禮前會有很多時間可以彼此認識。」

「是的，嬸嬸。」所謂「很多時間」就是兩個禮拜。

「我們什麼沒為妳做？我們把妳當自己的孩子養大，還幫妳找了個 *ezigbo di*（好丈夫）！在美國當醫生！我們就像幫妳贏了樂透！」愛姐嬸嬸說著。她的下巴冒了幾根毛髮，說話時就伸手去拉著其中一根。

我謝謝他們兩人為我所做的一切：為我找了丈夫、收留我住進他們家、每兩年就幫我買一雙新鞋。只有這樣，才不會被人說我不懂感恩。我沒有提醒他們的是，其實我想再考一次聯招入學考試，試試看能不能去念大學。我念中學期間，我在愛姐嬸嬸的麵包店幫忙，賣的麵包比埃努古其他麵包店加起來還多。而且，這家裡的家具和地板能夠閃閃發亮，都是因為我。

「接通了嗎？」我的新婚丈夫問。

「占線中。」我將頭偏向一邊，這樣他就不會看到我臉上鬆了一口氣的表情。

「忙線，美國人都說忙線，不是占線。」他說：「我們之後再試試看，先吃早餐。」他從一個亮黃色袋子中拿出幾片鬆餅解凍加熱，當作早餐。我看著他在白色微波爐上按了哪些按鈕，仔細記住。

「煮點水來泡茶。」他說。

「有奶粉嗎？」我邊說邊把茶壺拿到水槽，水槽邊鏽蝕的痕跡就像油漆從牆壁上剝落。

「美國人喝茶的時候不會加糖和奶。」

「*Ezi okwu*（真的嗎）？那你喝茶也不加糖和奶嗎？」

「不加，我很早以前就習慣這裡做事的方式了，妳也會的，寶貝。」

我坐在軟趴趴的鬆餅面前，這看起來比我在家鄉做的那種有嚼勁的麵餅還要薄很多，而那杯不加調味的茶，我擔心自己會喝不下去。門鈴響了，他站起身，走路時雙手會在背後搖晃，我之前沒有認真注意到這點，也沒有時間注意。

「我昨天晚上聽到你回來的聲音。」門口的聲音是美國人，話說得很快，一個字接著下一個字，*Supri-supri*，艾菲阿姨都這樣說，快快的。「等妳回家來看我們的時候，講話就會像美國人一樣 *supri-supri*。」她說。

「嗨，雪莉，真謝謝妳幫我收信。」他說。

「一點也不麻煩。你的婚禮還順利嗎？你太太在嗎？」

「在，進來打招呼吧。」

一個鐵灰髮色的女人走進客廳，她身上纏著一件粉紅色長袍，在腰間打了個結，從她臉上滿布的皺紋來看，年紀可能落在六十至八十歲間。我看過的白人不多，還沒辦法正確猜出他們的年紀。

「我是住在三A的雪莉，很高興認識妳。」她與我握手說道。她講起話帶著鼻音，就像正在與感冒對抗似的。

「您太好心了。」我說。

雪莉稍微遲疑，好像有些驚訝。「喔，我就不打擾你們吃早餐了，」她說：「等你們安頓好我再下來拜訪。」

雪莉尷尬地離開。我的新婚丈夫關上門，餐桌的其中一支腳比其他的短，所以他一靠上餐桌，桌子就像翹翹板一樣搖來搖去。他說：「妳應該對這裡的人說『嗨』，不是『您太好心了』。」

「她不是我的同輩。」

「這裡不是那樣的，大家都是說嗨。」

「*O di mma*，好吧。」

「還有，我在這裡不是叫歐弗戴爾，我叫戴夫。」他邊說邊低頭看著雪莉交給他的那疊信，其中有很多封在信上還寫了幾行字，就在地址上方，好像寄件人在封起信封後才想起來要再加點東西。

「戴夫？」我知道他沒有英文名字，我們婚禮的邀請函上寫著歐弗戴爾・埃莫卡・烏登瓦和琴娜札・愛嘉莎・歐卡弗。

「我在這裡用的姓氏也不一樣，美國人很難記住烏登瓦，所以我就改了。」

「改叫什麼？」我還在努力習慣烏登瓦。這個姓氏我才認識了幾個禮拜。

「貝爾。」

「貝爾！」我有聽過瓦圖洛查到了美國就改成瓦圖洛，奇柯盧戈改成美國人比較好發音的奇柯爾，但從烏登瓦改成貝爾？「和烏登瓦一點也不像啊。」我說。

他站起來，說：「妳不懂在美國是怎麼一回事。如果妳想有所成就，就得盡量融入主流，否則就會被遺棄在路邊。妳在這裡也要用英文名字。」

「我從來沒用過，我的英文名字只寫在出生證明上，我這輩子都是叫琴娜札．歐卡弗。」

「妳會習慣的，寶貝，」他說完，伸手撫摸我的臉頰。「妳會懂的。」

隔天他幫我填好了社會安全碼的申請表格，在名字那欄，他用粗黑的字母寫上**愛嘉莎．貝爾**。

我的新婚丈夫告訴我，我們住的社區叫做夫拉特布希。我們走在嘈雜的大街上，又熱又全身汗，街道聞起來就像在冰箱外頭放了太久沒冰的魚。他想教我怎麼買生活用品、怎麼搭公車。

「四處看看，不要像那樣盯著地上，四處看看，這樣妳會更快習慣一切。」他說。

於是我不時左右擺動頭部，這樣他就會覺得我有聽進他的建議。昏暗的餐廳窗戶，看板上用傾斜字體保證這裡提供最棒的加勒比海及美式食物；對街的洗車場在一塊黑板上寫著促銷價三．五美金，就放在一堆可樂罐和幾張紙中間；人行道的邊緣一塊塊往內縮，就像被老鼠啃咬掉。

在有空調的公車上，他教我要把硬幣投進哪裡，如果快到站就按壓牆上的橡膠皮帶。

「這裡不像奈及利亞，還得對著司機大叫。」他嘲諷地說，彷彿發明了這一套更棒的美國系統的人是他。

我們在生活用品超市裡慢慢逛過一排又一排走道。他拿了一包牛肉放進購物車，我看了覺得很擔心，希望我能摸摸那塊肉、檢查有多紅，就像我在歐格比提市場那樣，屠夫會舉起剛切下來的肉排，蒼蠅圍繞著嗡嗡作響。

「我們可以買這些甜餅嗎？」我問，波頓牌濃郁茶點的藍色包裝是我知道的牌子，我並不想吃甜餅，只是想在購物車裡看到一些熟悉的東西。

「餅乾，美國人都說那是餅乾。」他說。

我伸手去拿甜餅（餅乾）。

「拿超市的自有品牌，比較便宜，但都是一樣的。」他指著白色包裝的餅乾說。

「好。」我說，我已經不想吃甜餅了，但還是把自有品牌放進購物車裡，盯著架上的藍色包裝，看著波頓牌標誌上熟悉的穀粒圖案，一直看到我們離開那條走道為止。

「等我當上主治醫師，就不用再買自有品牌了，但是目前我們得這麼做，這些看起來或許只是小錢，不過積少成多。」他說。

「你是說等你當上諮詢醫生？」

「對，不過這裡叫做主治，主治醫師。」

媒人只會告訴你醫生在美國會賺很多錢，卻沒說在醫生開始賺很多錢之前，還得先實習，再進入住院醫師階段。我的新婚丈夫還沒完成這部分。我和新婚丈夫在飛機從拉各斯起飛後在機上有一段短暫對話，他告訴我這件事，然後就睡著了。

「實習醫生一年的年薪有兩萬八美金，但一週的工時大概是八十個小時，差不多就是一小時三美金。」他這樣說過。「妳能相信嗎？一小時三美金！」

我不知道一小時三美金是很好還是很糟，我是傾向覺得這個薪水很好，不過他又說，就連高中生打工賺的錢都比這個多更多。

「還有，等我當上住院醫師，我們就不用住在這樣的社區裡了。」我的新婚丈夫說。他停下腳步，讓一個把小孩塞在購物車裡的女人先過。「妳有沒有看到他們裝了路障，這樣購物車才不會被推走？在比較好的社區裡就不會有路障，可以把購物車一路推到車旁邊。」

「喔。」我說。可不可以把購物車推走有什麼關係？重點是，他們居然有購物車呢。

「看看這些在這裡買東西的人。他們移民到這裡來，卻還照著以前在他們國家的方式過日子。」他語帶不屑地指著一個帶著兩個小孩的女人。他們在說西班牙語。「若是不適應美國的生活，就永遠無法繼續往前走，永遠只能淪落於到這樣的超市裡買東西。」

我喃喃說了些話好表示自己有在聽。我想起埃努古的開放式市場，小販們會對你說些好聽話，好吸引你停下腳步，看看他們蓋著鍍鋅板的攤子，準備好要講一整天的價，只為了能往價格上多加個一百奈拉。如果他們有塑膠袋，就會拿給你裝你買的東西。如果沒有，他們會笑一笑拿舊報紙給你。

我的新婚丈夫帶我去購物中心，在星期一開始去上班前，他想要盡量多教我一點。他的車在開動時會搖來晃去，好像有很多部分都快要崩壞，那個聲音很像搖晃著一整罐鐵釘。車子在紅燈前停了下來，他轉動鑰匙好幾次才能再次發動。

「我當上住院醫師後就要買一輛新車。」他說。

購物中心裡的地板閃閃發亮，光滑得就像冰塊，高到天際的天花板上鑲嵌著小小的白光燈，也是閃閃發亮。我覺得自己彷彿來到了完全不同的世界，就像在另一顆星球上。我們身邊的人不斷推擠，連黑人也一樣，他們臉上都帶著一種外國人、異地人的標誌。

「我們先去吃披薩，」他說：「這是妳在美國一定要喜歡的一樣東西。」

我們走到披薩店，櫃臺前那個男人戴著鼻環，外加一頂高白帽。

「兩份臘肉腸加香腸，套餐有比較優惠嗎？」我的新婚丈夫問道。他和美國人說話時聽起來不一樣了：他發的r音太誇張，t的音又不夠明顯，而且他會微笑，很想博取他人喜愛的人就會這樣微笑。

我們坐在小小的圓桌前吃披薩，他把那裡叫做「美食街」，各張圓桌邊坐得人山人海，大家都俯身吃著紙盤上的油膩食物。艾克叔叔若是想到可能要在這裡吃東西，一定會很害怕。他可是有身分地位的人，就連去參加婚禮，如果沒有在私人包廂裡招待他，他是不會吃東西的。這種地方有一種眾目睽睽的赤裸感、不夠莊重，如此開放的場所放了太多桌子、太多食物。

「妳喜歡這個披薩嗎？」我的新婚丈夫說。他的紙盤已經空了。

「番茄沒有煮熟。」

「我們在家鄉總會把食物煮得過頭，才讓營養都流失光。美國人烹飪的方式是對的，看看他們有多健康？」

我點點頭，看看四周。隔壁桌有個黑皮膚的女人，身材寬胖得像顆枕頭。她側著臉對我微笑，我也對她微笑——接著又咬了一口披薩，縮緊了肚子以免把什麼吐出來。

後來我們去了梅西百貨。我的新婚丈夫帶路朝電扶梯走，動作有如橡膠般平滑，我一踏上去就知道自己會跌倒。

「*Biko*（拜託），他們沒有升降梯嗎？」我問，至少我還搭過一次電梯，地方政府辦公室的電梯運作起來吱吱響，還抖了整整一分鐘門才打開。

「說英文，妳身後有人。」他低聲說完、把我拉開，走向一處放滿閃亮珠寶的玻璃櫃。「是電梯，不是升降梯，美國人說電梯。」

「好。」

他帶我去搭升降梯（電梯），我們上樓，走到一區展示了一排又一排看起來很重的外套，他買了一件給我，顏色就像陰鬱的天空，襯裡好像塞了泡棉，澎澎的。那件外套看起來大到可以塞進兩個我都綽綽有餘。

「冬天要到了，」他說：「感覺會像走進冷凍庫，所以妳需要一件保暖的外套。」

「謝謝。」

「等到打折時再來買東西是最棒的，有時候可以用不到半價的錢買到一樣的東西。這是美國的一項奇蹟。」

「*Ezi okwu*？」我說，又很快加上：「真的嗎？」

「我們在購物中心裡逛一逛吧，這裡還有美國的其他奇蹟。」

我們一邊走著一邊看向各種店家。那兒販賣衣服、工具、盤子、書本和電話，走到我腳底都痛了起來。

離開前，他帶我去麥當勞，餐廳就坐落在購物中心後頭附近，入口架著大大的黃色和紅色的M字，就和一輛車差不多大。我丈夫沒有看頭頂上的菜單板子就點了兩個大的二號餐。

「我們可以回家，我可以煮飯。」我說。不要讓妳丈夫太常吃外面的東西。愛姐嬸嬸這樣說過。不然他就會跑進另一個會做飯的女人懷裡。一定要看好妳的丈夫，就像珠雞看著自己的蛋那樣謹慎。

「我喜歡偶爾吃這個。」他說。兩手拿著漢堡專心咀嚼著，眉頭都皺了起來，收緊下巴，讓他看起來甚至更陌生。

✹

星期一，我煮了椰子飯來彌補前天的外食，本來也想做辣椒湯，愛妲嬸嬸說那種湯能夠軟化男人的心，但是我需要被海關沒收的貝南辣椒，要是沒有那個，辣椒湯就不是辣椒湯了。我在街上的牙買加商店買了椰子，花了一小時切成小塊，因為廚房裡沒有刨絲器。接著泡進熱水來取汁。我才剛煮好他就回家了，穿著看起來像是制服的東西，一件看來有些女孩子氣的藍色上衣，下擺紮進藍色長褲，腰間束了起來。

「*Nno*（歡迎回家），」我說：「工作還好嗎？」

「寶貝，妳在家也要說英文，這樣才能習慣。」他的嘴唇才剛輕觸我的臉頰，門鈴就響起。是雪莉。她身上包著同樣那件粉紅色長袍，扭著腰間的帶子。

「那個味道，」她說話的聲音好像卡了口痰。「到處都聞得到，整棟大樓都是。妳在煮什麼啊？」

「椰子飯。」我說。

「是妳家鄉的菜？」

「對。」

「聞起來真棒。我們這裡的問題就是沒文化，完全沒有文化。」她轉身面對我的新婚丈夫，似乎是想尋求他的認同。但他只是露出微笑。「戴夫，你可以過來幫我看看空調嗎？」她問。「空調又在作怪了，今天又這麼熱。」

「沒問題。」我的新婚丈夫說。

他們離開之前，雪莉向我揮揮手，說：「聞起來真的很棒。」我想要請她一起吃一點飯。而半個小時後，我的新婚丈夫回來了，吃著我放在他面前的美味餐點，甚至像艾克叔叔那樣咂著嘴。叔叔有時會這樣做給愛妲嬸嬸看，表示他對她的廚藝有多滿意。但是隔天，他拿了一本厚得像聖經一樣的《好居家全美式食譜》回來。

「我不希望別人一看到我們就覺得這就是把整棟樓薰得都是外國食物味道的人。」他說。

我收下食譜，手撫摸著封面上的照片。照片上的東西看起來像一朵花，但或許是食物吧。

「我知道妳很快就能學會怎麼做美國菜。」他說完，溫柔地把我拉進懷裡。那天晚上，當他重重壓在我身上低吼喘氣，我想著那本食譜。又是一件媒人不會告訴妳的事：你得努力用油把牛肉煎成棕色、在不帶皮的雞肉上撒麵粉。我向來是用牛肉本身的肉汁來煮肉，總是連著皮一起煮雞肉。接下來的日子裡，我很高興我的丈夫早上六點就要出門上班，直到晚上八點才回家，這樣我就有時間把煮得半生不熟、黏答答的雞肉丟掉，重新再來。

．．．

我第一次見到住在二D的妮雅時，心想她就是那種愛姐嬸嬸不會喜歡的女人。愛姐會叫她*ashawo*（妓女），因為她穿著半透明的上衣，裡頭的撞色胸罩一覽無遺。又或者，愛姐嬸嬸會看著妮雅閃閃發亮的橘色口紅、深邃的雙眼皮上擦著顏色與口紅相似的眼影，直接下定論她就是妓女。

「嗨，」我下樓去拿信件時，她說。「妳是戴夫的新婚太太。我一直想去見見妳，我是妮雅。」

「謝謝，我是琴娜札……愛嘉莎。」

妮雅謹慎地看著我。「妳剛剛說的第一個是什麼？」

「我的奈及利亞名字。」

「是伊博族的名字，對吧？」不過她念成了「伊—布」。

「對。」

「是什麼意思？」

「上帝會回應祈禱。」

「真美。妳知道嗎，妮雅是斯瓦希里的名字，我十八歲的時候改了名，在坦尚尼亞待過三年，真是他媽的棒呆了。」

「喔。」說完後，我搖搖頭。她一個黑皮膚的美國人選了個非洲名字，而我丈夫卻要我把名字改成英文的。

「妳待在這棟公寓裡一定無聊死了，我知道戴夫都很晚才回家。」她說：「過來陪我喝杯可樂吧。」

我猶豫了一下，但妮雅已經往樓梯走了。於是我跟上她。她的客廳裡有一種餘裕的優雅：一張紅色沙發，一個枝條纖細的盆栽，牆上懸掛著一只大大的木製面具。她把健怡可樂倒進玻璃杯中，加冰塊拿給我，問我對美國生活還適應嗎，還提議可以帶我去逛逛布魯克林。

「不過得約在星期一，」她說：「我星期一不上班。」

「妳是做什麼的？」

「我開了一間美髮沙龍。」

「妳的頭髮很漂亮。」我說。她摸了摸自己的頭髮說：「喔，這個啊。」好像她想都沒想過。不過我不只覺得她的頭髮漂亮。她把頭髮在頭頂挽成一個自然的爆炸頭，她的皮膚也是，顏色就像烘烤過的花生，還有她神祕而深邃的雙眼、她的翹臀。她的音樂放得有點太大聲，所以我們說話時得提高音量。

「妳知道嗎，我姊姊是梅西百貨的經理，」她說：「他們要招募女裝部的初階銷售員，如果妳有興趣我可以幫妳說句話，妳鐵定能上，她還欠我人情呢。」

一想到這件事，我心裡就躁動起來。突然出現這樣新穎的念頭，可以賺到屬於我自己的東西。屬於我的。

「我還沒有拿到工作證。」我說。

「可是戴夫有幫妳申請了吧？」

「有。」

「應該不用很久，至少冬天之前妳就會拿到了。我有個海地來的朋友剛拿到她的，等妳一拿到就告訴我吧。」

「謝謝妳，」我想擁抱妮雅。「謝謝妳。」

那天晚上我對新婚丈夫談起妮雅，工作了這麼長時間後，他的雙眼因為疲勞而下垂。他說：「妮雅？」好像不知道我在說誰，然後才說：「她還可以，但要小心一點，她可能會帶壞妳。」

妮雅開始在下班後過來找我，喝著她自己帶來的健怡可樂，看我煮飯。我會關掉空調，打開窗戶讓熱氣進來，這樣她就可以抽菸。她會聊著美髮沙龍裡的女人以及她在交往的男人，日常對話中隨意揮灑著「陰蒂」這種名詞和「操」那種動詞。我喜歡聽她講話，我喜歡她微笑時會露出一顆缺了整齊一角的牙齒，邊邊少掉了一個正三角形。她總是在我新婚丈夫回家之前就離開。

冬天悄悄地來了。一天早上，我踏出公寓大樓就倒抽了一口氣，彷彿上帝將白色面紙碎成了一絲絲，再灑落人間。我站在那裡看著自己的第一場雪，注視了旋轉的雪花好長、好長一段時間，才轉身走回公寓。我又繼續刷洗廚房地板，從生活用品超市寄來的廣告傳單上剪下更多折價券，坐在窗戶旁看著上帝的碎紙屑掉得越來越誇張。冬天已經來了，而我依然沒有工作。那天晚上我丈夫回家時，我在他面前放下薯條和炸雞，說：「我以為我應該要拿到工作證了。」

他先吃了幾塊油炸馬鈴薯後才回答。我們現在都只說英文，但他不知道我煮飯時會自己說著伊博語，還教妮雅怎麼用伊博語說「我餓了」和「明天見」。

「我為了拿綠卡而娶的那個美國女人在惹麻煩。」他說，慢慢將一塊雞肉撕成兩半，眼袋浮腫。「我和妳在奈及利亞結婚時，我們的離婚幾乎已經辦完了，但手續還不完整。只是小事，但她發現了，現在她揚言要向移民局告發我，想拿更多錢。」

「你結過婚？」我的手指交纏在一起，因為我的雙手開始發抖。

「可以把那個拿給我嗎？謝謝。」他指著我稍早前做好的檸檬水。

「水瓶？」

「水壺，美國人都說水壺，不是水瓶。」

我把水瓶（水壺）推了過去，頭殼裡的搏動聲更加明顯，血液在我耳裡澎湃。「你結過婚？」

「只是書面上的，這裡很多人都會這麼做，只是一樁交易。你付錢給那個女人，兩個人一起填妥文件——但有時候會出錯。她可能會拒絕離婚，或決定要勒索你。」

我把那疊折價券拉到自己眼前，開始一張張撕成兩半。「歐弗戴爾，你之前就應該讓我知道。」

他聳聳肩：「我本來要告訴妳的。」

「我應該在我們結婚前就知道，」我慢慢在他對面的椅子上坐下，好像如果動作不慢一點椅子就會裂開。

「也不會有什麼差別，妳的叔叔嬸嬸已經決定了，妳難道會拒絕父母死後就一直照顧妳的人嗎？」

我靜靜盯著他看，把折價券撕成越來越小的碎片。清潔劑、包裝肉品和紙巾的圖片都支離破碎，落到了地上。

「再說了，老家的一切都那麼糟，妳還能怎麼樣？」他問：「碩士畢業的人不是一樣找不到工作滿街跑嗎？」他的語調平淡。

「你為什麼娶我？」我問。

「我想要一個奈及利亞妻子，我母親說妳是個好女孩，很安靜，說妳搞不好還是處女。」

他微笑著。他微笑的時候看起來更疲累。「我大概得告訴她她錯得有多離譜。」

我繼續把折價券丟到地上，緊握雙拳，指甲陷入皮膚裡。

「我看到妳的照片時很開心，」他咂著嘴唇。「妳的膚色很淺。我得考慮到小孩的長相，膚色淺的黑人在美國比較容易出頭。」

我看著他把剩下裹著麵糊的炸雞吃完，注意到他還在嚼食物就先喝了口水。

那天晚上他在洗澡時，我只挑出了不是他買給我的衣服，包括兩件刺繡花樣的寬長袍和一件印花長袍，都是愛妲嬸嬸的舊衣。我把衣服裝進我從奈及利亞帶來的塑膠行李箱，去了妮雅的公寓。

妮雅泡茶給我，加了糖和奶，和我一起坐在她的圓餐桌旁，餐桌旁邊總共就三張高腳椅。

「如果妳想要打電話給老家的人，可以從這裡打，想待多久都可以，我去和大西洋貝爾電信公司討論付費方案。」

「我在老家沒有可以說話的人。」我盯著木架上那座雕像橢圓的臉說。雕像空洞的眼也盯著我看。

「妳嬸嬸呢？」妮雅問。

我搖搖頭。妳離開妳丈夫了？愛妲嬸嬸會尖叫的，妳瘋了嗎？有人會把珠雞的蛋給丟了嗎？妳知不知道有多少女人願意用雙眼來換一個在美國當醫生的丈夫？隨便什麼丈夫都行？而艾克叔叔會大發雷霆，罵我不知感恩、罵我愚蠢。他會握緊雙拳、緊繃著臉才掛掉電話。

「他早就該對妳提起那段婚姻。但那又不是真正的婚姻，琴娜札，」妮雅說。「我讀過一本書，上面說我們不是墜入情網，而是拾級漸進的戀愛。或許，如果妳給他一點時間……」

「不是那個樣子。」

「我知道，」妮雅嘆口氣說：「我只是想要他媽的正面一點。妳在家鄉有什麼特別的人嗎？」

「曾經有過，但是他還太年輕，而且也沒有錢。」

「聽起來真的爛透了。」

我攪拌著我的茶，只是這根本不需要攪拌。「我不知道為什麼我丈夫非得在奈及利亞找妻子。」

「妳從來不說他的名字，從來不叫他戴夫。有什麼文化因素嗎？」

「沒有。」我低頭看著用防水布料做的桌墊。我想要說那是因為我不知道他的名字，因為我不認識他。

「妳有沒有見過和他結婚的那個女人？又或者妳認識他的女朋友嗎？」我問。

妮雅撇過頭。她轉頭的動作太過明顯，傳達出的訊息比想說的更多。我們之間陷入一陣沉默。

「妮雅？」我終於開口問。

「我上過他，快兩年前的事了，他剛搬進來的時候我上過他，一個禮拜後就結束了。我們從來沒有交往過，我從來沒看他和誰交往過。」

「喔。」我說完，啜飲一口那杯加了糖和奶的茶。

「我得對妳老實說，全盤托出。」

「對。」我一邊說著，一邊站起來看向窗外。外頭的世界就像裹成了木乃伊一樣一片死白，人行道上積起的雪像個六歲小孩一樣高。

「妳可以等拿到文件後就離開，」妮雅說。「在妳把爛攤子收拾乾淨之前，可以申請社會福利，然後你會找到工作、找到住的地方，養活自己，再重新開始。拜託，這裡可是操他媽的美國。」

妮雅過來站在我身邊，一起站在窗邊。她說的對，我還不能離開。隔天晚上我走到公寓走廊另一邊，按了門鈴，他打開門，站到一旁，讓我進去。

明天太遠

那是妳在奈及利亞度過的最後一個夏天，就是妳父母離婚前的那個夏天，接著妳的母親便發誓，說再也不會讓妳踏進奈及利亞探望妳父親的家人，尤其是奶奶。妳還清楚記得那年夏天的熱，就算是過了十八年後的現在，在奶奶的庭院裡總有那種溼潤的溫暖。那座庭院裡長了許多大樹，電話纜線都纏在樹葉裡，不同的枝條互相碰觸。有時腰果樹上會長出芒果，芒果樹上則長著番石榴，妳的光腳丫底下踩著厚厚鋪成的落葉，觸感溼軟。下午的時候，黃腹蜜蜂在妳頭頂附近嗡嗡作響，也在妳哥哥儂索和表哥多濟的頭上飛來飛去。到了傍晚，奶奶只會讓妳哥哥儂索爬上樹去搖果實纍纍的枝幹，而忽略了妳比哥哥還會爬樹。水果如雨點般落下。酪梨、腰果和番石榴都有，妳和表哥多濟撿起水果，裝滿老舊的桶子。

那年夏天，奶奶教儂索怎麼採椰子。椰子樹很難爬，沒有分生的枝條又高聳，奶奶給儂索一根長棍，教他怎麼扭摘下包覆著厚厚纖維的果實。她沒有教妳，因為她說從來沒有人讓女孩子採椰子。奶奶拿著椰子在石頭上小心敲打，這麼一來椰子水就能留在較低的那一半，就像裝在邊緣粗糙的杯子裡。大家都能喝到一口讓風吹涼了的椰子水，就連在街上跑過來玩的孩子也一樣。奶奶謹慎掌管著啜飲的流程，好確保儂索第一個喝到。

那年夏天妳問奶奶為什麼要讓儂索先喝，畢竟多濟已經十三歲，比儂索還大一歲，而奶奶說儂索是她兒子的獨子，他能夠延續恩納畢西家族的姓氏，而多濟只是*nwadiana*（外孫），也就是她女兒的兒子。那年夏天，妳在草地上發現了蛇蛻，毫無破損而薄透，就像半透明的絲襪。奶奶告訴妳那種蛇叫做*echi eteka*，意思是「明天太遠」，只要咬一口，她說，十分鐘內就沒救了。

不過妳不是在那年夏天愛上多濟表哥的，因為那是更早幾年的夏天。當時他十歲而妳七歲，你們兩人又鑽又爬地躲進奶奶家車庫後面那塊小空地，他想要把你們所說的他的「香蕉」，放進你們所說的妳的「番茄」，可是你們都不知道要放進哪個洞才對。但是，那年夏天妳得了頭蝨，妳和多濟表哥在妳厚重的頭髮裡又挖又找，挑出小小的黑色蟲子後在指甲上壓碎，聽到牠們吸飽血的肚子爆開時發出的啪滋聲，因而大笑。那年夏天，妳對哥哥儂索的憎恨如此高張，妳感覺到那股恨意壓迫著妳的鼻孔，而妳對多濟表哥的愛意則膨脹得像顆氣球，包覆著妳的肌膚。

那年夏天，妳看著一場大雷雨中有道閃電在空中畫出銳利的線條，整整齊齊將一棵芒果樹劈成兩半。

那年夏天，儂索死了。

奶奶不會稱之為夏天，在奈及利亞沒有人這樣叫，是八月，正好落在雨季和哈麥丹季之間。雨可以下一整天，銀白的雨滴灑落在陽臺，妳和儂索、多濟會在這裡揮手驅趕蚊子，吃烤玉米。又或者，陽光強烈得刺眼，奶奶會把水缸鋸成兩半，權充泳池，妳就在其中漂浮。

儂索死去的那天氣候和煦，早上下了一點毛毛雨，下午的陽光也不算太熱，到了傍晚就是儂索的死。奶奶對著他，對著他癱軟的屍體高聲叫喊著，說 *i laputago m*（回到我身邊來）、說他背叛了她、問他這麼一來誰能延續恩納畢西家族的姓氏？誰能維護家族的血脈？

鄰居聽到她的聲音都過來探望。住在對街那個女人養了一條狗，每天早上都過來搜刮奶奶的垃圾桶，她哄著妳，好不容易從妳麻木的雙唇間問出美國的電話號碼，打電話給妳媽媽。也同樣是這個鄰居拉開了妳和多濟握在一起的手，讓妳坐下喝點水，這個鄰居也試著緊緊抱著妳，這樣妳就不會聽到奶奶在電話上對妳媽媽說了什麼。但妳掙脫了女人的懷抱、靠近電話。奶奶和媽媽談話的重點圍繞著儂索的屍體，而不是他的死亡。妳媽媽堅持要馬上把儂索的屍體運回美國，奶奶則重複了妳媽媽的話，搖搖頭，她眼裡溢出一股瘋狂。

妳知道奶奶從來就不喜歡妳媽媽。（幾年前的夏天，妳曾聽到奶奶這樣對她朋友說：那個黑皮膚的美國女人綁住了我兒子，把他玩弄在股掌之間。）但是看著奶奶講電話的模樣，妳明白她和妳媽媽站在同一陣線。妳很肯定媽媽的眼裡也存在著那股發紅的瘋狂。

妳和媽媽說話時，她的聲音在電話線路中迴盪。這麼多年來，妳和儂索總是來陪奶奶一起度過夏天，她的聲音從來不會這樣。妳還好嗎？她一直這樣問妳，妳還好嗎？她的聲音帶著恐懼，彷彿疑心妳確實很好，即使儂索死了妳也還好。妳玩著電話線，沒說什麼。她說她會聯絡妳爸爸，不過他正在某片森林裡參加黑人藝術季，那裡沒有電話，也沒有廣播。最後她用力而痛苦地吸了吸鼻子，啜泣的聲音就像狗在吠叫，然後她告訴妳一切都會沒事，她會安排儂索的屍體運回來。這讓妳想起她的笑聲，從她肚腹深處開始發出的呵—呵—呵笑聲。就算笑出來音量也不會轉弱，與她纖細的身材一點也不搭。她走進儂索的房間說晚安，離開時總會用那種笑聲笑。大多時間妳都會用手摀住耳朵，把那個聲音隔絕在外，就連她走進妳的房間對妳說親愛的晚安，妳的雙手依然摀在耳朵上。她從妳房間離開時，從來不會那樣笑。

掛斷電話後，奶奶攤平了身體仰躺在地板上，眼睛眨也不眨，從這邊滾到另一邊，就像在玩什麼愚蠢的遊戲。她說不應該把儂索的屍體運回美國，他的靈魂會永遠在這裡徘徊，他屬於這片堅硬的土地，這片承接不住他往下掉落的那股衝擊的土地。他屬於這裡的樹木，屬於其中一棵放開了他的樹木。妳坐著，望向她，起先妳還希望她會起身過來擁妳入懷，接著又希望她不會這麼做。

十八年了，奶奶家庭院裡的樹木看起來毫無變化，仍然枝葉繁茂、互相交纏，仍然在庭院中投下陰影。但其他一切似乎都變小：房子、屋後的花園、染上紅鏽的水缸，就連奶奶在後院的墳墓看起來也很小。妳想像她的屍身得屈折起來才能塞進那個小棺材。墳墓上覆蓋著一層薄薄的水泥，附近的土才剛翻過，妳站在一旁，想像這裡十年後的模樣，無人照顧墳墓，蔓生的雜草將蓋過水泥、緊纏住墓地。

多濟正看著妳。他在機場擁抱妳時態度謹慎，說歡迎回家，真意外妳會回來，接著妳在熙來攘往的接機大廳看著他的臉看了良久，看到他都撇過頭去。他的棕色雙眼中帶著悲傷，就像妳朋友養的那隻貴賓犬。不過妳不需要看到那個表情也知道多濟沒有說出儂索死亡的祕密，多濟絕對守口如瓶。他開車載妳到奶奶家時問起妳媽媽，妳說她現在住在加州，沒有提起她住在集體農場裡。那裡的人都剃光了頭髮、乳頭上穿了洞。也沒有說她每次打電話來時，妳總是沒等她說完就掛斷。

妳走近酪梨樹，多濟仍然看著妳，妳也看著他，努力想記起十歲那年夏天充斥、滿溢在妳體內的愛意，讓妳在儂索死掉的那天下午緊握著多濟的手，最後是多濟的母親，也就是妳的梅貝契貝莉婕姑姑，過來將他帶走。他額上的線條中有淡淡的哀傷，雙手垂在兩旁站在原地的樣子也帶著憂鬱。妳突然想著，不知道他是不是也渴望著妳，就像妳渴望著他。妳從來不知道他沉靜的微笑之後心裡在想什麼，不知道他如此靜靜坐著，坐到果蠅都停佇在他手臂上時在想什麼，不知道他給妳那些照片時在想什麼，不知道他把小鳥養在紙箱做的鳥籠裡、照顧到小鳥死掉為止在想什麼。妳想知道，如果他有在想什麼，對於自己身為一名不對的孫子，身為不是姓恩納畢西的孫子，有什麼感想。

妳伸手去撫摸酪梨樹的樹幹，這時多濟開始說話。妳嚇了一跳，因為妳以為他要談論儂索的死，他卻告訴妳，他從來沒想過妳還會回來向奶奶道別，因為他知道妳有多恨她。那個字。「恨」，迴盪在妳和她之間，就像一種控訴。妳想要說，自己在紐約接到他的電話時，是十八年來第一次聽到他的聲音。他告訴妳奶奶死了，我想妳會想知道的，他是這麼說。妳靠在辦公桌上，雙腳一陣發軟，一輩子的沉默就這樣崩塌，而妳想到的不是奶奶，是儂索、是多濟、是那棵酪梨樹、是妳童年那座無道德王國中那個悶溼的夏天、是妳不讓自己想起的那一切。妳將這些全壓成了一張薄薄的紙、收了起來。

但是妳什麼都沒說，只是將手掌心用力壓進粗糙的樹幹，那股疼痛安撫了妳。妳還記得吃酪梨的情景：妳喜歡加鹽吃，儂索則不喜歡在他的酪梨上加鹽，當妳說不加鹽的酪梨吃起來很噁心，奶奶總是咂著舌說妳不懂得好東西。

⋮

儂索的葬禮在維吉尼亞州一處冰冷的墓園裡舉行，那裡佇立的墓碑看來相當不敬。妳媽媽從頭到腳穿著褪色的黑衣，甚至戴了面紗，讓她肉桂色的肌膚看來閃閃發光。妳爸爸站得離妳倆遠遠的，如往常一樣穿著短袖花襯衫，脖子上掛著一串乳白色的海螺殼。他看起來不像家屬，而像其他賓客，有些賓客大聲吸著鼻子，後來又壓低了聲音問妳媽媽，儂索到底是怎麼死的，他剛學會走路就開始在庭院裡爬樹，到底是怎麼摔下來的？

對那些來問問題的人，妳媽媽什麼都沒說，她也沒有對妳說起儂索的事，就連在清理他的房間整理東西時，也沒問妳一句。她沒有問妳想不想留下什麼，而妳也鬆了一口氣。妳不想要留下他的書，他在書裡都寫下了整齊的筆記。妳媽媽說他的字比打字機打出來的還要整齊。妳不想要他在公園裡拍的鴿子照片，妳爸爸說這些照片顯現出這孩子多麼有潛力。妳不想要他的畫，那些不過就是模仿妳爸爸的作品，只是用了不同顏色。不想要他的衣服；不想要他收藏的郵票。

終於，在他葬禮的三個月後，妳媽媽提起了儂索，那是在她告訴妳有關離婚的事時。她說離婚不是因為儂索，她和妳爸爸老早就貌合神離。（那時妳爸爸在坦尚尼亞的桑吉巴，儂索的葬禮結束後他馬上就離開了。）然後妳媽媽問了：儂索是怎麼死的？

妳至今仍不知道那些話是怎麼從妳嘴裡跑出來，妳仍然認不出自己曾經是那樣眼神澄澈的孩子，或許是因為她說離婚不是因為儂索的模樣，好像只有儂索才足以構成理由，好像一切都不關妳的事。又或許，只是因為妳感到那股熊熊燃燒的渴望，如今妳偶爾仍會產生這種感覺，覺得自己得撫平皺褶、壓平妳覺得太凹凸不平的東西。妳告訴妳媽媽，音調中的不情願恰到好處。妳說奶奶叫儂索爬上酪梨樹最高的那一根枝幹，讓她看看他多麼有男子氣概，她又嚇唬他，但只是開玩笑，妳這樣對媽媽保證。她說有一條蛇，是*echi eteka*，就在他身邊的樹枝上。她叫他不要動，但他當然動了，結果失足滑下枝幹，他落地時的聲音就像好多水果同時掉到了地上，發出一聲終結一切的悶響。奶奶就站在那裡盯著他，開始朝著他大喊，說什麼他是唯一的兒子、他怎麼就這樣死了，也不顧家族血脈、祖先會有多不高興。他還有呼吸，妳告訴媽媽，他掉下來的時候還在呼吸，但奶奶就只是站在那裡，對著他殘破的身體喊叫，喊到他死去為止。

妳媽媽開始尖叫。妳不禁想，選擇拒絕相信事實的人們是否都會這樣瘋狂尖叫。她明明很清楚儂索的頭是撞上了石頭當場死亡，她也看過他的屍體，看見他撞破的頭。但是她選擇相信儂索掉下來後仍活著。她又哭又吼，咒罵著她在妳爸爸第一次開作品展時看上了他。接著她打電話給他，妳聽著她在電話中大叫：都是妳母親的錯！她害他緊張才讓他掉下去！事後她原本還能補救，可是她卻站在那裡，因為她就是個愚蠢而迷信的非洲女人！她就這樣任由他死去！

妳爸爸後來與妳談話，說他能理解這對妳有多困難，但是妳得小心自己說的話，以免造成更多傷害。妳想著他說的：小心自己說的話。想著不曉得他知不知道妳在說謊。

十八年前的那個夏天是妳第一次自我覺醒的夏天。那年夏天妳知道儂索一定得發生些什麼，妳才能存活下來。即使只有十歲，妳已知道有些人單是存在就能占據如此大的空間，只要存在，有些人就能讓其他人窒息。用 *echi eteka* 來嚇唬儂索完全是妳一個人的點子，但妳向多濟解釋了自己的計畫，而你們兩人都需要讓儂索受傷，或許讓他殘廢，或是讓他扭傷腳。妳想要傷害他完美無瑕的柔軟身體，讓他沒那麼受寵，比較沒辦法做出他所做的一切，比較無法占據妳的空間。多濟沒說什麼，只是畫了一張妳的畫像，把妳的雙眼畫成了星星的形狀。

奶奶在屋裡煮飯，多濟就靜靜站在妳身邊，你們肩並著肩。妳提議要儂索爬到酪梨樹上。他很容易煽動，妳只需要提醒他說，妳爬樹比他更厲害，而妳確實也更厲害，不管哪棵樹，妳只要幾秒鐘就能爬上去。妳也更擅長那些不需要人教的事，那些奶奶無法教他的事。妳叫他先爬，看看他能不能在妳追上之前爬上酪梨樹最高的枝幹。那些枝幹很容易折斷，而儂索又比妳重，因為奶奶要他吃那麼多，所以才重。再多吃一點，她常常這樣說，你想我這是為誰煮的菜？好像妳根本不在那裡一樣。有時她會拍拍妳的背，用伊博語說：很好，妳有在學，*nne*（媽呀），有一天妳就要這樣照顧妳的丈夫。

儂索爬上了樹，爬得越來越高，妳一直等到他幾乎爬到樹頂，等到他的雙腳開始遲疑，不敢再往上多爬一英寸。妳等到他正準備進行下一個動作的那瞬間——那是一刻間隙——那一刻，妳發現一切都豁然開朗，人生開闊了：就像妳爸爸畫作上的那種純粹的天藍色，代表著機會，就像清晨一場雨後將天空洗刷乾淨。於是妳尖叫起來：「有蛇！是 *echi eteka*！有蛇！」妳不知道應該說那條蛇就在他旁邊的枝幹，或者順著樹幹往上爬。但是沒有關係，因為在那幾秒間，儂索往下看著妳，放了手，他的腳滑了一下，手臂鬆開了樹幹。又或許只是那棵樹把儂索甩掉了。

妳已經不記得自己站在那裡看儂索看了多久才走進去叫奶奶，多濟自始至終都靜靜待在妳身邊。

多濟說的那個字。「恨」，如今在妳腦內漂浮。恨、恨、恨，這個字讓人難以呼吸。而同樣讓人難以呼吸的是那段等待。儂索死後的那幾個月，妳等著妳媽媽注意到妳的聲音如清水般純淨、雙腿就像橡皮筋一樣伸展自如。等著妳媽媽進來妳房間道晚安時能夠發出那股深沉的呵—呵—呵笑聲離開。但是她來說晚安時抱著妳的態度是那樣小心翼翼，總是輕聲細語。妳開始假裝咳嗽、打噴嚏，好避開她的親吻。年復一年，她把妳從這一州挪到那一州，在她臥房裡點著紅蠟燭，禁止談起任何與奈及利亞或奶奶有關的一切，拒絕讓妳和爸爸見面，她再也沒有發出那樣的笑聲。

多濟開口了，告訴妳他幾年前開始夢見儂索。在夢中的儂索年紀比較大、比他更高，然後妳聽見附近一棵樹掉下了水果。於是妳問他，但依然背對著他：你想要怎樣？那年夏天，你想要怎樣？

妳不知道多濟是什麼時候動了。他站在妳身後的時候，距離近到妳能聞到他身上的柑橘味。或許他剝了一顆橘子後沒有洗手。他把妳轉過來、看著妳，妳也看著他，他額頭上有細細的皺紋，眼裡有著陌生的銳利。他告訴妳，他沒有想過要求什麼，因為重要的是妳想要什麼。你們兩人陷入長長的沉默。妳看著一整隊黑螞蟻慢慢爬上樹幹，每隻螞蟻背上都生著某種白色的細毛，形成一種黑白交錯的花紋。他問妳有沒有做過像他那樣的夢，妳說沒有，並避開他的眼神，他轉身背對妳。妳想要告訴他，在他打了那通電話之後，自己胸膛中的那股痛、耳朵中的空洞、翻騰的空氣。每道門都打開了，被壓平的那些東西都膨脹且跳了起來。但他已經走開。妳哭泣著，獨自一人站在酪梨樹下。

頑固的歷史學家

在恩娃姆芭的丈夫死後多年，她仍會不時閉上眼睛重溫他晚上到她小屋來的情景，以及隔天早上，她哼著歌走到小溪邊，想著他身上薰了煙的味道、壯碩的體重、那些只有她自己知道的祕密，與彷彿被光明包圍的感覺。其他關於歐比耶利卡的回憶仍然清晰：他在傍晚吹奏長笛時粗短的手指纏繞長笛的樣子、她為他布置好一碗碗食物時他開心的樣子、他帶著一籃籃新鮮的黏土回家讓她製作陶器時汗流浹背的樣子。她第一次見到他是在一場摔跤比賽，他們兩人都盯著、望著彼此。當時兩人還太年輕，她腰上還沒纏著代表月經來潮的腰布，卻暗自固執地相信，她的祈[24]和他的祈注定了他們兩人要結婚。於是，幾年後他帶著好幾壺棕櫚酒來見她父親，跟著一起來的還有他的親戚，她告訴她母親，這就是她要嫁的男人，她母親大驚失色。恩娃姆芭難道不知道歐比耶利卡是獨子，他的亡父也是獨子，而且他那些妻子都曾經流產過、埋葬過自己的嬰孩？或許他們家族中有人犯下了販賣女孩為奴的禁忌，而大地女神艾尼在他們身上降下了厄運。恩娃姆芭沒有理會她母親。她跑去她父親的主屋，告訴他要是她無法嫁給歐比耶利卡，不管嫁給哪個男人，她都會逃跑。她父親覺得她很麻煩。這個女兒牙尖嘴利又頑固，還曾經把她兄弟摔跤摔到了地上。（後來她父親警告眾人，不准將女兒摔贏了兒子這件事傳出家門。）他也一樣擔心歐比耶利卡家族裡的不孕問題，但是這個家族並不差：歐比耶利卡的亡父領受了歐佐[25]頭銜。歐比耶利卡已開始將自己土地上多餘的地瓜[26]分發給佃農耕種，恩娃姆芭若是嫁給他，也不會過苦日子。再說，他最好讓她嫁給她自己選擇的男人，免得接下來幾年得苦惱著她老是一和婆家吵架就往娘家跑。於是，他給出自己的祝福，她則微笑著以他的讚禮名字稱呼他，表示感激。

為了拿出給她家裡的聘禮，歐比耶利卡帶來兩個他母親家族的表親，叫做歐卡弗和歐寇耶，他們和他就像親兄弟。恩娃姆芭第一眼見到他們就討厭，那天下午，他們在她父親的主屋裡喝棕櫚酒，她在他們眼裡看見令人窒息的嫉妒，而在接下來的幾年中，歐比耶利卡領受頭銜、擴大住家，還將地瓜賣給遠道而來的陌生人[27]，她看見他們的妒意更深。但是她容忍

24 此處將原文 chi 翻譯成祈，主要不想與中文裡會用的「氣」混淆。因為在伊博族傳統中，這個 chi 有點像守護靈以及自身命運、周遭氣場的結合，所以和我們的「氣」也不太一樣。有些人還會特地刻出自己的「祈」，放在家中膜拜祈禱。

25 歐佐（ozo）是伊博族中位階最高的頭銜名稱，一般都會授與族中有重大功績的男子，而且還要花不少錢、經過複雜儀式才能獲得認可。

26 伊博族的傳統中成年男子清理出自己的耕地後也不能隨便種植作物，而是會去請託族中德高望重或富有的人，請對方分一些作物種子給自己耕種（通常是做為主食的地瓜），而男子分到種子後便成為佃農，耕作的收成要繳回三分之二給種子主人，自己只能留三分之一，等慢慢累積到不必再跟人借作物種子也能豐收過活後才能脫離佃農身分。

著，因為他們對歐比耶利卡來說很重要，因為他會假裝自己沒注意到他們都不工作，只會來找他討要地瓜和雞肉。因為他想要想像自己有兄弟。她第三次流產後，他們催著要他再娶一個妻子，歐比耶利卡說他會考慮一下。但是那天晚上他和恩娃姆芭兩人在她的小屋裡時，他說他知道他們一定能夠生一屋子的小孩。他不會娶別人，除非等他們兩人都老了，他才會娶一個妻子來照顧他們。她覺得他這樣很奇怪，一個富裕的人，卻只有一個妻子，而且她比他更擔心他們生不出孩子，擔心那首人們傳唱的歌，悠揚的歌聲裡唱的淨是惡意的話：她出賣自己的子宮，吃了他的陰莖，他吹奏著笛子，把財產雙手送給妻子。

有一次，在月光下的集會中，廣場上到處是女人。有些在說故事、有些學著新的舞蹈，一群女孩看到恩娃姆芭便開始唱歌，用她們高聳的胸部對著她。她停下腳步。問她們可不可以唱得更大聲一點，這麼一來她才能聽清楚歌詞，讓她們看看兩隻烏龜誰比較厲害。她們停止了歌唱，她享受著她們的恐懼，喜歡她們都退開讓路給她。但是就在那時，她下定決心要幫歐比耶利卡找個妻子。

恩娃姆芭喜歡到歐怡溪去，解開腰間的衣袍，走下斜坡，進入撞上石頭而噴濺起來的銀白水柱。歐怡的水比另一條歐嘉藍亞溪的水還要新鮮，又或者只是因為穩穩佇立在角落的歐怡女神神壇令她安心。她從小就知道歐怡是女性的守護神，保佑女子不被販賣為奴。她最親密的朋友愛雅珠已在小溪裡了。恩娃姆芭幫她將水壺抬到她頭頂，問愛雅珠有沒有適合當歐比耶利卡第二個妻子的人選。

她和愛雅珠一起長大，又嫁給同一部落的男人。不過她們兩人的差別是愛雅珠的祖先是奴隸，她父親是在一場戰爭後被帶到部落來的奴隸。愛雅珠不喜歡她的丈夫歐肯瓦，她說他的模樣和氣味都與老鼠沒兩樣，但是她的婚姻大事也沒什麼選擇，自由人家族的男子不會來向她提親。愛雅珠手長腳長、身體動作敏捷，在在說明了她多次與人交易的歷史。她最遠曾經旅行到歐尼查以外的地方，是她第一個帶回了依加拉和埃多等地商人奇怪習俗的故事，她也是第一個講起那些到訪歐尼查的白皮膚男人。他們帶著鏡子和布料，以及這些地方的人所見過最大支的槍。這樣豐富的見識讓她贏得他人的敬重，她是唯一奴隸出身還能在女人議會中大聲說話的人，唯一能夠提供一切解答的人。

於是她馬上建議，如果歐比耶利卡要娶第二個妻子，歐康闊家族的那個年輕女孩很適合。那女孩有著漂亮的大屁股，態度又恭敬，一點也不像現在的年輕女孩，腦袋裡裝滿了些胡說八道。她們從小溪走回家時，愛雅珠說，或許恩娃姆芭應該像其他與她有相同處境的女

---

27 佃農要找人分種子也是會挑的，一定會找年年豐收的有錢人，這表示他們的種子受到神祇的寵愛，容易收成，所以會有人特地長途跋涉來跟歐比耶利卡買種子，表示他作物豐收的名聲已經傳遍各部落。

人一樣，找個情人讓自己懷孕，才能延續歐比耶利卡的血脈。恩娃姆芭馬上強烈反對，她不喜歡愛雅珠說這話的模樣，彷彿表示歐比耶利卡無法生育，彷彿是要回應她的想法。她覺得就像有人狠狠往她背上捅一刀。她知道自己又懷孕了，但她什麼也沒說，因為她知道自己還會再失去這個孩子。

幾週後她流產了，血塊從她雙腿間流下。歐比耶利卡安慰她，提議他們應該去找有名的神諭琪莎，不過要等到她的身體恢復到能夠負荷那半天行程。在巫醫諮詢過神諭的意見後，那人指示恩娃姆芭應該獻祭一頭母牛，這讓她瑟縮了一下。歐比耶利卡的祖先還真是貪心。不過他們還是按照儀式淨身，並獻上祭品，接著她建議他去見歐康闊的家族，問問他家女兒的事。他總是拖延再拖延，直到她背上又傳來撕裂般的疼痛。幾個月後，她躺在自己小屋後方一堆洗淨過的香蕉葉上，全身緊繃地用力推，直到嬰兒呱呱落地。

他們將他取名為阿尼坤瓦：大地女神阿尼終於恩賜的孩子。他的膚色黝黑、體格健壯，而且和歐比耶利卡一樣喜歡到處探索新東西。歐比耶利卡帶他去採集藥草，為恩娃姆芭的陶器作品收集黏土，在田地裡扭摘地瓜藤。歐比耶利卡的表親歐卡弗和歐寇耶來探望的頻率有些太高，他們讚嘆著阿尼坤瓦的笛子吹得有多好、向父親學起詩詞和摔跤的動作有多快。但恩娃姆芭看見他們即使微笑也藏不住的閃亮惡意。她為她的孩子與丈夫憂心，而當歐比耶利卡死去——他原本還開開心心，笑著暢飲棕櫚酒，不久就癱軟下去。她知道是他們毒殺了他。她緊抱著他的屍體，直到一個鄰居打了她一巴掌才讓她放手。她在冰冷的地上躺了好幾天，拉扯著頭髮上剃出的圖案。歐比耶利卡的死讓她陷入無窮無盡的絕望，她經常想起連續死了十個孩子的那個女人，她在自家後院的可樂果樹上吊自殺。但是她不會這麼做，因為她還有阿尼坤瓦。

後來，她希望自己能堅持要他的表親在神諭面前喝下歐比耶利卡的 *mmili ozu*（屍身之水），她曾經看過這種儀式。一個有錢人死去後，他的家人堅持要他的敵人喝下他的 *mmili ozu*。恩娃姆芭看著那個未婚女人以葉捲成杯，捧著滿葉子的水碰觸死人的屍體，同時嚴肅地念著些什麼，再將葉子交給被指控的男人。他喝了，每個人都盯著他看，確保他把水吞下，空氣中瀰漫著一股凝重的沉默，因為他們知道，如果他有罪，便會死去。幾天後，他死了。他的家人羞愧地低下頭，而恩娃姆芭覺得自己似乎因這一切動搖。她應該堅持要歐比耶利卡的表親也這麼做，但是她受到悲傷的蒙蔽，而今，歐比耶利卡已經下葬，一切都太遲了。

她的表親在葬禮期間拿走了他的象牙，說頭銜應該是由兄弟而非兒子繼承。同一時間，他們清空了他穀倉裡的地瓜、帶走了羊圈裡的成羊。她去質問他們時大聲咆哮，而他們只是將她趕到一邊，而她等到晚上，便在部落裡走來走去，唱出他們的惡劣行為、說他們在這塊土地上積累了多少罪孽，居然欺騙一名寡婦。最後，部落裡的長老才要求他們不准再去打擾她。她向女人議會抱怨這件事，晚上便有二十個女人去了歐卡弗和歐寇耶的家，揮舞著搗杵，警告他們不准再去打擾恩娃姆芭，而且有好幾個和歐比耶利卡同輩的人也去告訴他們，別再打擾她。但是恩娃姆芭知道，那些貪得無厭的表親永遠不會真正停手。她想過要殺了他們——她當然可以。那些懦夫這輩子都仰仗著歐比耶利卡在過活，從未真正勞動過，但是她當然會遭到驅逐，那麼一來，就沒有人能夠照顧她兒子了。於是她帶著阿尼坤瓦去散步，走很長的一段路，告訴他從這棵棕櫚樹到那棵芭蕉樹之間的土地都是他們的，是他的祖父留下來給他父親的。她一次又一次告訴他同樣的事，就算他看起來覺得無聊又困惑。但她沒有放開他的手，也不讓他在沒有她看顧的晚上出去玩。

愛雅珠結束了一趟交易之旅，隨後帶了新故事回來：歐尼查的女人在抱怨那些白人。他們原本很歡迎白人來設交易站，如今白人卻想教他們怎麼做交易。接著歐尼查的一個部落叫阿圭柯的，那裡的長老不願意在合約紙上按指紋，白人晚上就帶著他們的當地人幫手過來，劫掠了那個部落，什麼都沒留下。恩娃姆芭不懂這些男人到底是擁有哪種槍？愛雅珠笑著，說他們的槍一點也不像她丈夫擁有的槍那樣生了鏽。有些白人會造訪不同的部落，要求父母送他們的小孩上學，於是她決定要送阿祖卡去，因為這個兒子在田地裡是最懶惰的，而且，就算她現在受人敬重又富裕，出身仍然是奴隸，她的兒子依舊被禁止領受頭銜。她希望阿祖卡能夠學習這些外國人的行事，因為人能夠統治其他人並不是因為他們高人一等，而是因為他們的槍比較好。說到底，如果她父親的部落當初的武器裝備能比得上恩娃姆芭的部落，就不會被當成奴隸帶走了。恩娃姆芭聽著她朋友的話，夢想著拿起白人的槍殺死歐比耶利卡的表親。

白人造訪恩娃姆芭部落的那天，她丟下原本要放進窯爐的陶壺，帶著阿尼坤瓦和來向她學習的女孩趕到廣場。她一開始很失望，因為那兩個白人看起來很普通，一臉無害的模樣，膚色猶如白子，四肢虛軟纖細。他們的同伴看起來和部落的人一樣，但是身上也帶有一點異國感，而且只有一個人會說帶著奇怪口音的伊博語。他說他是從埃列列來的，其他當地人則是來自塞拉利昂，白人是從遠在大海另一頭的法國來的。他們都屬於聖靈會堂，於一八八五年抵達歐尼查，在那裡蓋了他們的學校和教堂。恩娃姆芭是第一個問問題的：他們是不是剛好帶了槍來？就是用來殺死阿圭柯部落的人那種？可以讓她看看嗎？男人很不高興地說，那是英國政府的士兵以及皇家尼日公司的商人幹的，那些人會毀村滅莊，不過，他們則是帶著好消息而來。他談起了他們的上帝，來到這個世上而死，有一個兒子卻無妻子，既是三位也是一體。恩娃姆芭身邊許多人都大聲笑著，有些走了開來，因為他們誤以為這些白人充滿智慧。也有些人留下來拿幾碗清涼的水給他們。

幾週後，愛雅珠又帶回另一個故事：白人在歐尼查設了一個法庭，在那裡處理紛爭，他們是真的打算要留下來。這是恩娃姆芭第一次懷疑她朋友的故事，歐尼查的人當然有自己的法庭可用吧？就像恩娃姆芭他們隔壁的部落，只有在地瓜新收成的豐年祭典上才開設法庭，因此人們在等待伸張正義的期間，仇怨也逐漸加深。愚蠢的方法，恩娃姆芭想著，但眾人當然都有自己的一套。愛雅珠笑了，又對恩娃姆芭說了一次。只要拿著比別人更好的槍，就能統治別人。她兒子已經開始學習這個外國人的行事，或許阿尼坤瓦也該去學。恩娃姆芭拒絕了，她無法想像——她的獨子、她唯一的眼睛——應該要交到白人手裡教導，不管他們的槍有多厲害都不行。

不過，接下來幾年間發生了三件事，讓恩娃姆芭改變了心意。第一件事是歐比耶利卡的表親占據了一大塊田地，告訴長老他們是要幫她耕種，這個女人讓他們死去的兄長子孫福薄，如今就算追求者眾、胸部依然圓挺，仍拒絕再婚。長老認同他們的立場。第二件事是愛雅珠說起某兩個人的故事。他們帶著一件土地糾紛到白人的法庭去調解，第一個男人在說謊，不過他懂得白人的語言，而第二個男人雖然是土地的正當擁有者，卻不會說白人的語言，就輸掉了訴訟，被打了一頓關起來，還得放棄自己的土地。第三件事是伊羅格布南這個男孩的故事。他已失蹤多年，突然又出現，如今已長大成人。他守寡的母親聽到他的經歷，驚訝到說不出話來：他父親過去常在同輩的會議中對著一個鄰居咆哮，於是這個鄰居趁著他母親上市場時綁架了他，帶到埃羅族的奴隸商人那裡。商人從頭到腳打量著他，抱怨他腿上的傷會讓他賣不了好價錢。接著他就和其他人手連著手綁在一起，形成一長串的人肉隊伍。有人拿棍子打他叫他走快一點，隊伍中只有一個女人，她喊到聲嘶力竭，說那些綁匪沒心沒肺、她的靈魂將折磨他們和他們的子孫。她也知道他們要把她賣給白人，難道他們不知道給白人當奴隸是完全不同的情況嗎？那些人會被當成山羊一般，坐上大船，去到很遠很遠的地方，最後被吃掉？伊羅格布南一直走、一直走，走到雙腳血跡斑斑，身體都麻木了。不時，會有一點水灌進他嘴裡，到後來，他所能記得的就只剩塵土的氣味。最後他們停在一處海岸邊的部落，有個男人說著他幾乎完全聽不懂的伊博語，但伊羅格布南還是聽出了足夠資訊，知道有另一個男人打算把綁架來的人賣給船上的白人，上船去向白人談價錢，自己卻被綁了。眾人大聲爭論著，還打了起來，有些被綁來的人扯著繩子，伊羅格布南則昏了過去。他醒來時，發現有個白人正用油按摩著他的腳。一開始他很害怕，很肯定這個白人正準備要把自己當成大餐。但是，這個白人不同，他是個傳教士，買下奴隸是為了解救他們，而他帶著伊羅格布南與他同住，還訓練他成為基督教傳教士。

伊羅格布南的故事一直在恩娃姆芭腦海裡糾纏不清，因為她很肯定歐比耶利卡的表親可能就是這麼打算著，好擺脫她的兒子。殺了他太危險，因為神諭非常可能會降下災厄——但是他們可以賣了他。只要他們找來強力的藥草保護自己。她也很驚訝，伊羅格布南不時會脫口說出白人的語言，聽起來帶著濃濃鼻音又難聽。恩娃姆芭自己並不想說這樣的語言，但她突然決定阿尼坤瓦可以學好這種語言，將歐比耶利卜的表親告上白人的法院。這樣就能打敗他們、拿回屬於他的東西。於是，伊羅格布南回來後不久，她告訴愛雅珠她想讓她兒子上學。

她們先去了聖公會教會，那邊教室裡的女孩比男孩多，有幾個好奇的男孩帶著彈弓晃了進來，又晃出去。學生坐在位子上，腿上放著泥板，老師則握著一根大藤條站在他們面前，講述著一個男人如何將一碗水變成酒的故事。恩娃姆芭覺得那老師戴著的眼鏡很有趣，也覺得故事裡的男人一定擁有相當強大的藥，才能夠將水變成酒。可是，後來班上的女孩被帶開，由另一個女老師上課，教她們縫紉。恩娃姆芭就覺得這樣很蠢了。在她的部落裡，女孩要學著做陶器、男孩則要縫衣服。不過讓她完全放棄這所學校的原因是，這裡的教學都用伊博語。恩娃姆芭問了第一個老師原因，他說當然會教學生英文，還拿起了英文入門的課本，但是孩子還是用自己的語言學得最好。在白人的土地上，他們的孩子也是用自己的語言學習。恩娃姆芭轉頭離開，但那個老師擋在她面前，告訴她天主教教區的人很嚴厲，也不會將土著的最佳利益放在心上。恩娃姆芭覺得這些外國人很有趣，他們似乎不明白，在外人的面前一定要表現出齊心的模樣。不過她是為了英文而來，所以她繞過他，往天主教教會走。

沙納漢神父告訴她，阿尼坤瓦得取個英文名字，因為用異教徒的名字就沒辦法受洗。她馬上就同意了。就她來看，他的名字依然是阿尼坤瓦，如果他們想幫他取一個她念不出來的名字才能教他這種語言，她一點也不在意。唯一重要的是他能夠學好這種語言，足以對抗他父親的表親。沙納漢神父看著阿尼坤瓦這個深色皮膚又肌肉發達的孩子，猜測他大概十二歲，不過他覺得要猜出這些人的年紀實在很困難，有時僅是個孩子，看起來卻也像個男人，一點也不像他之前工作過的東非地區。那裡的土著都比較纖瘦，不會這麼健壯到讓人困惑。他在男孩的頭頂上淋了些水，一邊說：「麥可，我奉天父、天子與聖靈之名為你施洗。」

他給男孩一件背心和幾件短褲，因為信奉永生上帝的人不能赤裸著身體走來走去，他也試著向男孩的母親傳教，但是她看著他的眼神就像把他當成什麼也不懂的孩子。她身上有一種令人困擾的堅決，他在這裡很多女人的身上都見過。如果能夠馴服她們的野性，可說蘊藏著無窮潛力，這個恩娃姆芭能在女人群中成為很了不起的傳教士。他看著她離開，她挺直的背脊帶著優雅，而且也不像別人那樣會花過多時間走來走去，又長篇大論。他每回聽到她們冗長又迂迴的修辭長談，又總是說不到重點，總會覺得氣惱。不過，他決心要在這裡做出一番事業，這也是他加入聖靈會堂的原因。他們的特殊志業就是要救贖這些黑皮膚的異教徒。

恩娃姆芭聽到傳教士是如何不分青紅皂白鞭打學生，感到有些緊張，無論是遲到、懶散、拖延、發呆都會挨打。阿尼坤瓦還告訴她，有一次盧茲神父在一個女孩手腕上銬了金屬手銬，好教訓她不能說謊，同時還不斷用伊博語說著，儘管盧茲神父的伊博語說得七零八落，但他嚷嚷士著父母都太寵溺小孩，教導福音也表示要教導合宜的規矩。阿尼坤瓦回家來的第一個禮拜，恩娃姆芭就在他背上看見明顯的鞭痕，她拉緊了腰上的纏腰布，走去學校。她告訴老師，如果他們敢再對阿尼坤瓦這麼做，她就要挖出教會裡每個人的眼睛。她知道阿尼坤瓦不想去上學，她對他說只要一年或兩年，這樣他才能學會英文。而雖然教會的人叫她不要常常來，但她仍堅持每個週末來帶他回家。阿尼坤瓦總是在還沒離開教會範圍之前就開始脫衣服，他不喜歡短褲跟襯衫，因為穿了會流汗，布料會讓他腋下發癢。他也不喜歡和老人待在同一班，總會蹺課去參加摔跤比賽。

或許是因為他開始注意到自己的衣服在部落裡為他引來羨慕的眼光，阿尼坤瓦對學校的態度慢慢改變。恩娃姆芭第一次注意到這件事，是有一次幾個男孩在抱怨，阿尼坤瓦本來應該要和他們一起打掃村子裡的廣場，可是他因為要上學，就都不做自己的工作。阿尼坤瓦便用英文說了些什麼，聽起來是很凶狠的話，讓那些男孩都閉上了嘴，恩娃姆芭內心則滿懷驕傲。不過她的驕傲逐漸變成了淡淡的憂心，因為她注意到他眼裡的好奇心減弱了，轉而出現一種陌生的沉重感，彷彿他突然發現自己背負著一個太過沉重的世界。他會盯著東西盯了良久，也不再吃她準備的食物，因為他說這些已經獻祭給了偶像。他叫她把腰布纏在胸口，而不只是腰上，因為她赤裸著身體是罪惡的。她看著他，訝異著他竟如此直白。但她依舊憂心，問他為什麼現在才在意起她的赤裸。

到了他該進行成年禮的時候，他說他不會參加，因為那是一種異教徒習俗，會帶領男孩進入神靈的世界。沙納漢神父說，這種習俗應該要停止了。恩娃姆芭用力扯著他的耳朵告訴他，一個外國來的白子不能夠決定他們的習俗是否要改變。所以，除非部落自己決定要停辦成年禮，否則他就得參加。不然他可以說說，他究竟是她的兒子還是那白人的兒子。阿尼坤瓦不情不願地同意了，但他跟著一群男孩子走時，她注意到他不像其他人那樣興奮，而他的悲傷也感染了她，使她覺得自己的兒子就要從她指間溜走。但她還是很驕傲他學了這麼多，可以成為法庭的口譯員或者文書員。在盧茲神父的幫忙下，他已經帶了一些文件回來，顯示出他們的土地屬於他和他的母親。她最驕傲的那一刻，就是他去找他父親的表親歐卡弗和歐寇耶，要求他們把他父親的象牙拿回來，而他們也交給他了。

恩娃姆芭知道如今他兒子的心智處在一個她很陌生的地方，他告訴她他要去拉各斯學習如何當老師，即使她尖聲喊叫：你怎麼可以離開我？等我死了誰要來埋葬我？但她知道他還是會去。她已經有很多年都沒有見到他，這些年間，他父親的表親歐卡弗死了。她經常去問神諭，阿尼坤瓦是不是還活著。巫醫勸誡她，並要她離開。當然阿尼坤瓦還活著。終於，阿尼坤瓦回來了，那一年部落驅逐了所有的狗，因為有一隻狗咬死了姆芒加拉輩分位階的人，如果阿尼坤瓦沒有說這麼做是惡魔的作為，他也有機會能加入這個位階的。

阿尼坤瓦宣告，說他受指派成為新教會的布道者。恩娃姆芭沒說什麼，她在手掌上將*aguba*（剃刀）磨利，準備要幫一個小女孩的頭髮剃出圖案，而她則繼續自己的動作，咻——咻——咻，阿尼坤瓦則談起要在他們的部落裡救贖靈魂。她拿給他吃的那一盤麵包樹果他動也沒動。他已經不再吃她準備的任何東西。她看著他，這個穿著長褲、脖子上掛著玫瑰念珠的男人，想著自己是否插手干預了他的命運，這是他的祈為他定下的道路嗎？讓他一生就這樣認分，演起了奇怪的鬧劇？

那天他告訴她自己要娶的女人，而她也不意外了。他沒有按照規矩來，沒有先問別人去打聽新娘的家庭，只是說在教會裡有個人看到伊菲提兀波有個合適的年輕女子，那個合適的年輕女子會先被帶到歐尼查的玫瑰經姊妹教會，學習如何當個稱職的基督徒妻子。恩娃姆芭那天因為瘧疾而身體不舒服，躺在泥巴床上按摩著自己疼痛的關節，她問阿尼坤瓦那個年輕女人的名字，阿尼坤瓦說叫做艾格妮絲。恩娃姆芭又問那個年輕女人真正的名字，阿尼坤瓦清了清喉嚨，說她成為基督徒前的名字叫做姆貝可，恩娃姆芭又問，就算阿尼坤瓦不願意遵照部落裡其他婚禮儀式，是不是至少能夠讓姆貝可進行坦實儀式？他生氣地搖搖頭，告訴她說讓一個女人在結婚前進行坦實、讓女性親戚圍繞著她、要她發誓在她丈夫宣告自己想娶她後，就沒有再讓男人碰過她——是罪惡。因為基督徒的妻子根本完全不該被他人碰過。

教堂裡的婚禮實在奇怪得好笑，但恩娃姆芭靜靜忍受，告訴自己她很快就會死去，和歐比耶利卡團聚，就能擺脫這個越來越沒道理的世界。她決心要討厭她兒子的妻子，可是實在很難不喜歡姆貝可。她的腰肢如柳條，性格又溫柔，迫不及待要取悅自己所嫁的男人，想要取悅每一個人。她動不動就哭，對於無法控制的事情感到不好意思。於是，恩娃姆芭反而同情起她來。姆貝可經常哭著來探望恩娃姆芭，說阿尼坤瓦在生她的氣，不肯吃晚餐。或者阿尼坤瓦不准她去參加朋友的聖公會婚禮，因為聖公會講的道不是真理。而恩娃姆芭會靜靜在她的陶器上刻著花紋，就讓姆貝可哭，因為她也不知道該如何安撫一個為了不值落淚的事哭泣的女人。

人人都喊姆貝可「太太」，就連不是基督徒的人也這樣喊，人人都很尊敬布道者的妻子。但是，那天她到歐怡溪去的時候不願脫下自己的衣服，因為她是基督徒，這件事惹怒了部落的女人，說她居然敢對女神不敬，便毆打她後將她丟在樹林裡。消息傳得很快，太太被人攻擊了，阿尼坤瓦威脅說要是有人再這樣對待他的妻子，就會將所有長老關起來。但歐唐諾神父再下一次從他在歐尼查的據點過來時，去拜訪了長老，還代表姆貝可向他們道歉，詢問是否能讓基督徒女性穿著整齊的衣服去取水，長老拒絕了。如果有人想拿歐怡的水，就得遵守歐怡的規矩，但他們對歐唐諾神父很有禮貌，因為他願意聽他們說，不像他們自己的孩子阿尼坤瓦。

恩娃姆芭對自己的孩子感到羞愧，也很氣他的妻子，惱怒他們過著格格不入的生活，對待非基督徒的態度彷彿他們長了天花。不過，她還懷著希望能抱孫，她祈禱著、獻了祭，希望姆貝可生個兒子，因為那將是歐比耶利卡的轉世，能夠為她的世界帶來一點熟悉感。她不知道姆貝可第一次、第二次的流產，是一直到了第三次，姆貝可抽抽搭搭地吸著鼻子過來告訴她才曉得。她們必須詢問神諭的建議，因為這是家族的不幸，恩娃姆芭這樣說，但姆貝可恐懼得張大了眼睛。如果讓麥可聽到您提議要找神諭，一定會大發雷霆。恩娃姆芭仍然很難記住麥可就是阿尼坤瓦，便自己去找神諭。後來她也覺得很可笑，居然連神都變了，不要求棕櫚酒而是琴酒，難道祂們也改信基督了嗎？

幾個月後姆貝可一臉微笑地來看她，帶來一大碗混著西方風格的食物，恩娃姆芭總是覺得難以下嚥，而她知道自己的祈仍然警醒著，知道這個媳婦懷孕了。阿尼坤瓦要求姆貝可要在歐尼查的教會生下孩子，神卻另有安排。她在一個下著雨的下午就提早開始陣痛，某人冒著傾盆大雨跑到恩娃姆芭的小屋去叫她。是個男孩，歐唐諾神父為他受洗取名為彼得，但恩娃姆芭則叫他恩納迪，因為她相信他是歐比耶利卡的轉世。她對他唱歌，他哭起來時她就把自己乾癟的奶頭塞進他嘴裡。但是，儘管她很努力感受，卻感受不到她那了不起的丈夫歐比耶利卡的靈魂。姆貝卡又流產了三次，恩娃姆芭則去找了神諭許多次，直到後來，又成功懷孕生下第二個孩子。這一次是在歐尼查的教會生產。是個女孩。從恩娃姆芭抱起她的那一刻，嬰兒明亮的眼神便開心地落在她身上。她知道是歐比耶利卡的靈魂回來了，以女孩之身回來是很奇怪，但誰能預料到先祖的行事呢？歐唐諾神父為她受洗取名為葛瑞絲，但恩娃姆芭叫她雅法梅福娜，意思是「我的名字將不受遺忘」。這孩子對她的詩詞和故事都很感興趣，讓恩娃姆芭開心不已。她長成少女時也興致勃勃看著恩娃姆芭努力製作陶器，這時她的雙手已開始顫抖，但恩娃姆芭對於雅法梅福娜要離家去上中學的事則一點也不高興（彼得已和牧師一起住在歐尼查了）。因為她擔心去了寄宿學校，新的做法會削弱了孫女的鬥志，取而代之的可能是像阿尼坤瓦那樣，對一切不再好奇的僵固，或者像姆貝可那樣懦弱的無助。

雅法梅福娜離家到歐尼查去上中學那年，恩娃姆芭覺得就像在暗無月光的夜晚裡吹熄了油燈。那是奇怪的一年。那年，黑暗會在下午時分突然籠罩大地，而當恩娃姆芭感覺到自己關節裡那股深植的痛楚，她知道自己時日無多。她躺在床上大口呼吸著，阿尼坤瓦哀求著她去受洗、抹油，這樣他就可以為她舉行基督教的葬禮，因他不能參與異教徒的儀式。恩娃姆芭告訴他，如果他敢帶人來幫她抹什麼骯髒的油，她會用她最後一股力氣甩那人一巴掌。她心心念念的就只有在去見祖先前再見到雅法梅福娜，但是阿尼坤瓦說葛瑞絲在學校考試，沒辦法回家。不過她來了，恩娃姆芭聽到小屋的門打開時發出的吱嘎聲，雅法梅福娜就在那裡，她的孫女自己從歐尼查回來了，因為她已經好幾天睡不著覺，不安的靈魂敦促著要她回家。葛瑞絲放下書包，裡面裝著她的課本，課本當中有一章叫做〈與南奈及利亞的原始部落和平共處〉，寫作這章的人是一個英國伍斯特郡的行政官員，曾在這裡住了七年。

這個葛瑞絲讀著這些野蠻人的事，對他們奇異而毫無意義的習俗感到興致高昂，卻一直沒有將自己與他們連在一塊兒。直到後來，她的老師莫琳修女告訴她，她不應該把祖母教她的那些呼應式歌詞稱作詩詞，因為原始部落的人不會寫詩。這個葛瑞絲放聲大笑，笑到莫琳修女罰她留校察看，又找來她父親，她父親當著老師的面甩了她一巴掌，好表示自己多麼嚴格教育孩子。這個葛瑞絲多年來都懷著對父親深深的蔑視，假日時總在歐尼查做女傭的工作，才不必面對她父母和哥哥那種道貌岸然而令人憂鬱的定論。這個葛瑞絲從中學畢業後在阿圭柯的小學教書，那裡的人總說，他們的村子早在白人拿著槍入侵前好幾年就已毀壞。她不確定自己是否相信這些故事，因為他們也說會有美人魚從尼日河中出現，手裡握著一團團皺皺的現金。這個葛瑞絲在一九五〇年時是少數幾個能夠進伊巴丹大學念書的女人，並將她的主修從化學改成了歷史，因為她在一個朋友家喝茶時聽說了吉勃耶加先生的故事。這位大名鼎鼎的吉勃耶加先生是一名皮膚和巧克力同個顏色的奈及利亞人，在倫敦受教育，特別潛心鑽研大英帝國的歷史。當西非考試委員會開始討論要將非洲歷史加入課程中，他便大表嫌惡地辭職了。因為他覺得居然要把非洲歷史當成一個科目，簡直駭人聽聞。葛瑞絲反覆想這個故事想了很久，內心無比悲傷。這使得她清清楚楚地將教育和尊嚴連起，將印刷在書本裡艱澀而明顯的事件，與棲息在人的靈魂中那些溫柔而微妙的事件連起。這個葛瑞絲開始重新思考自己所受的教育，她在大英國協日時是如何慷慨激昂地唱著：「天佑國王，常勝利，沐榮光，孚民望，心歡暢，治國家，王運長。」而她在課本裡讀到「壁紙」和「蒲公英」等詞彙時總會困惑，無法想像那些東西的模樣。而她遇到算術問題中與混合有關的題目時也覺得困難——什麼是咖啡、什麼是菊苣[28]？又為什麼要把這些混在一起？這個葛瑞絲會開始重新思考她父親所受的教育，接著趕回家去見他。他的雙眼因年老而泛著水光，她告訴他自己什麼信都沒收到，但其實她收到了，只是沒去理會。她在他祈禱時跟著說阿們，又將嘴脣貼上了他額頭。這個葛瑞絲在回家路上開車經過了阿圭柯，開始不斷想起村落遭到摧毀的畫面。她會去到倫敦、去巴黎、去歐尼查，在檔案庫裡那些發霉的檔案文件中逐一尋找，重新想像出她祖母那個世界的生活與氣味，因為她要寫一本書，書名叫做《與子彈和解：還原南奈及利亞歷史》。這個葛瑞絲的未婚夫叫做喬治．奇卡迪比亞，他畢業於拉各斯的國王學院，打扮入時，即將成為工程師。他會穿三件式西裝，在舞廳裡總能跳舞跳得令人讚嘆。他老是說文法學校不教拉丁文就像一杯茶裡不加糖，他們在討論這本書的初稿時，她就知道兩人的婚姻不會長久。因為喬治說她是被誤導才會撰寫原始文化這個主題，不去寫些更值得關注的題目，像是美蘇冷戰期間的非洲同盟。他們會在一九七二年離婚，不是因為葛瑞絲經歷過四次流產，而是因為某天晚上她醒來時滿身大汗，明白要是她還得再聽他興高采烈、自顧自地說

28 這裡暗示一黑一白的東西。

以前在劍橋的日子，她就會掐死他。這個葛瑞絲後來拿到了教職研究的獎項，她會在研討會上對著認真聽講的人們談論南奈及利亞的伊角族、伊比比歐族、伊博族和埃非克族，她會為國際組織撰寫報告，雖然都是些常識性的內容，報酬卻相當豐厚。這些時候她都會想像著祖母看著她，饒富興味地笑著。這個葛瑞絲在晚年生活中身邊圍繞著她的獎項、朋友、無可匹敵的玫瑰花園，卻仍覺得自己有一種奇怪的無根感。於是，她到拉各斯的法院正式將自己的名字從葛瑞絲改成了雅法梅福娜。

不過，在那個日光逐漸黯淡的傍晚，葛瑞絲坐在她祖母的床邊。她並沒有揣測著自己的未來，只是握著祖母的手。那雙經年累月製作陶器的手掌已然粗糙。

謝詞

感謝莎拉・查方特（Sarah Chalfant）、羅賓・戴瑟（Robin Desser），與米茲・安傑（Mitzi Angel）。

以下列出先前曾發表過的故事：

〈跳跳猴山丘〉（Jumping Monkey Hill）：《格蘭塔》（*Granta*）95期：所愛之人（*Loved Ones*）

〈上週週一〉（On Monday of Last Week）：《格蘭塔》（*Granta*）98期：深處盡頭（*The Deep End*）

〈媒人〉（The Arrangers of Marriage），原先的標題為〈新婚丈夫〉（New Husband）：《愛荷華評論》（*Iowa Review*）

〈一號牢房〉（Cell One）與〈頑固的歷史學家〉（The Headstrong Historian）：《紐約客》（*The New Yorker*）

〈贗品〉（Imitation）：《他者之聲》（*Other Voices*）

〈美國大使館〉（The American Embassy）：《稜鏡國際版》（*Prism International*）

〈繞頸之物〉（The Thing Around Your Neck）：《前景》（*Prospect*）99期

〈明天太遠〉（Tomorrow Is Too Far）：《前景》（*Prospect*）118期

〈私密經驗〉（A Private Experience）：《維吉尼亞季度評論》（*Virginia Quarterly Review*）

〈鬼〉（Ghosts）：《西洋鏡故事：故事全集》（*Zoetrope: All-Story*）

〈美國大使館〉（The American Embassy）也收錄在《歐亨利短篇小說獎故事集2003》（*O. Henry Prize Stories 2003*），由蘿拉．佛曼（Laura Furman）主編（Anchor Books，2003）

木馬文學 146

繞頸之物：全球最受矚目的當代非裔英語女作家阿迪契第一本短篇小說集
The Thing Around Your Neck

作者　奇瑪曼達・恩格茲・阿迪契（Chimamanda Ngozi Adichie）
譯者　徐立妍
社長　陳蕙慧
總編輯　戴偉傑
特約編輯　林立文
行銷企劃　陳雅雯、尹子麟、洪啟軒
電腦排版　極翔企業有限公司

出版　木馬文化事業股份有限公司
發行　遠足文化事業股份有限公司(讀書共和國出版集團)
地址　231新北市新店區民權路108之4號8樓
電話　02-2218-1417　傳真　02-8667-1891
Email: service@bookrep.com.tw
郵撥帳號　19588272　木馬文化事業股份有限公司
客服專線　0800221029
法律顧問　華洋法律事務所 蘇文生 律師
印刷　呈靖彩藝有限公司
初版　2020年6月
初版2刷　2023年6月
定價　新台幣360元

ISBN 978-986-359-799-5

國家圖書館出版品預行編目(CIP)資料

繞頸之物：全球最受矚目的當代非裔英語女作家阿迪契第一本短篇小說集 / 奇瑪曼達・恩格茲・阿迪契(Chimamanda Ngozi Adichie)著；徐立妍譯. -- 初版. -- 新北市：木馬文化出版：遠足文化發行, 2020.06
面；　公分. --(木馬文學；146)
譯自：The thing around your neck
ISBN 978-986-359-799-5(平裝)

886.4157　　109005925